メディアワークス文庫

明けない夜のフラグメンツ

あの日言えなかったさよならを、君に

青海野 灰

目　次

明けない夜はない。
なんて言う人がいるけど、あれは嘘《うそ》だ。
少なくとも、私の夜は、あの日から一度も、明けないまま――

プロローグ
遠きあの日のラディアンス — Radiance of that day far away.

☽ XX/XX XXX.

夜の中学校のグラウンドには、既に多くの生徒が集まっていた。

皆、仲のいい友人たちで集まって、楽しそうにお喋《しゃべ》りしている。その手には、めいめいの願い事を書いた袋状の和紙を持って。

私は胸を弾ませながら、二人の姿を探す。いつもみたいにコンビニか誰かの家の前で集まってから向かえばいいじゃないかと思ったけれど、彼女が言っていた「現地集合にして待ち合わせの相手を探す楽しさ」も、なるほどこういうことか、と今なら理解できる。

中学最後の冬休みも目前となった今日。いつも通っている学校のグラウンドに、暗くなってから私服で集まるというこの非日常感は、来月に迫る高校受験の不安も忘れさせるくらい、幻想的で、刺激的だ。

一年に一度のこの日は、大人も、子供も、「今日だけは特別」という共通認識で繋《つな》がっている。だから夜の外出も許されるし、ここにいる皆が高揚感を胸に、寒さだけでなく頬を赤らめているのが分かる。学生たちの間では、最高の告白イベントとして定着もしている。

「燈《あかり》、みぃつけた！」

探していた二人のうちの一人、幼い頃から付き合いのある親友の声が聞こえ、すぐに後ろから抱き締められた。

「わあっ、びっくりした」

「へへ、すぐ見つかったよ」

「よかった、始まるまでに会えなかったらどうしようと思った」

「そりゃあ、この程度の人数なら見つけられないなんてことはないって」

と、彼女は笑いながら言う。

都会からは程遠い山間の田舎町だ、人口も少なく、学生の数もそう多くない。この学校に通う生徒の大半が集まっているようだけれど、それでもグラウンドがひしめく程ではない。私の目は自然と辺りを見渡し、彼の姿を探す。

「あたしもまだ見つけてないんだ」

私の視線を察知して、彼女がそう言った。

人は多くはないけれど、校舎についている照明も多くなく、満月の明かりだけが頼りのこの夜に探し人を見つけるというのは、やはり簡単なことではなかった。今も背中にくっついている友人が早々に私を見つけてくれたことに、感謝しないと。

「始まる前に見つけよう」

「うん」

私たちははぐれないように手を繋いで、もう一人を探し始めた。まだ時間に余裕はある。けれど、せめてグラウンドのどの辺で落ち合うかくらいは決めておけばよかった。

そのことを友人に伝えると、

「決まってないから面白いんじゃん」

と笑われた。

「でも私たちがこうして歩き回って探して、」

私は人差し指を上に立てて、ぐるぐると円を描く動きをした。

「向こうも同じように歩き回ってたら、ずっと会えないいんじゃゃない？」

「あはは、悲観的だなぁ燈は。大丈夫だって」

私と正反対の性質を持つこの友人の無根拠な楽観性には、時々苦労もさせられるけれど、救われもするんだ。

とりあえず端まで歩いてみようという彼女の提案にうなずいて、私たちは歩く。十二月の冷たい風が吹いても、こうして手を繋いでいれば、どこまでも一緒に歩いて行けるような気持ちになる。

「あっ」

「ほら、見つかった」

足を止めた私たちの視線の先。グラウンドと外の道路を隔てる緑色のネットの横で一人、彼は静かに月を見上げていた。その、少し寂しげな横顔に、止めようもなく胸が熱く高鳴っていく。

繋いでいた手が、微《かす》かに強く握られた。その小さな痛みに、私たちの秘密を咎《とが》められたような気がして、そんなはずはないのだけれど、胸の鼓動に痛みが混じった。

ずっと続けばいい。何よりも強く、思っている。願い事にもそう書いた。どうか、ずっと。ずっと。ずっと。

私たちに気付いたのか、彼が月から視線を下げ、こちらを向く。そして、優しく微《ほほ》笑《え》んだ。

私たちの関係が、ずっと続けばいい。強く強く、そう願っている。

彼が唇を開き、冷たく澄んだ冬の空気を吸い込んで、私の名前を呼ぶ。

「燈」

それだけの事で、どうしようもなく嬉《うれ》しい。

なのに、なぜだか少し、泣きそうになる。

一章

星なき空のリグレッツ ― Regrets in the starless sky.

☽ 10/24 Wed.

左手首に当てていた刃先を静かに離すと、皮膚に桜色の跡がひとすじ残っていた。

いつも、これ以上進む勇気も、覚悟も、ない。カチカチと音を立ててカッターの刃を戻しながら、これは、私が私の命の存在を感じるための儀式みたいだ、と思う。そうしないと、それがどこにあるのか、すぐに分からなくなってしまいそうな気がする。

家の外は朝の光で満ちていても、私の部屋は薄暗い。冷たく淀《よど》んだ空気をゆっくりと胸に吸い込んで、鞄《かばん》を持ち玄関に向かう。

「いってきます」

小さな声で、誰もいない家に習慣的に告げて、外に出る。空は、曇り。

高校に向かう通学路では、よく小学生たちとすれ違いになる。まだ体に不釣り合いな大きさのランドセルを背負う少年グループは、いつもアニメやゲームの話などで仲良く盛り上がっている。でも、今日は少し雰囲気が違った。

「ホントだって！」と何かを訴える男の子が、周りの友人たちから笑われていた。

「夜になったら突然人の形した影が出たんだ。幽霊がいるんだよ、松陵《しょうりょう》ヶ丘には！」

すれ違いざまに聞こえたその単語に、思わず私は足を止め、振り向いた。けれど朝日が眩《まぶ》しくて、目を細め、うつむいて、遠ざかっていく喧噪《けんそう》だけを聞いていた。

――――

コンクリートで固められた高校の校舎は、堅牢《けんろう》な砦《とりで》のように冷たく灰色に聳《そび》え立《た》ち、私を萎縮させる。小さな頃に絵本で読んで怖くなった、こどもを食べるモンスターみたいだと思う。登校する生徒の数が減る頃を見計らって校門を抜け、音を立てないように靴を履き替えて、リノリウムの廊下を歩いた。

私が向かう先は、教室ではない。この高校に入学してから、本来私が行くべき教室という場所に入ったことは、一度もなかった。皆が向かうその部屋のある方向に背を向け、階段前の分かれ道を曲がる。

廊下の先から女子生徒が二人、楽しそうにお喋りをしながら歩いてくるのが見えた。内履きの色が二年のものだから、私のことはよく知らないはずだ。それでも私は、髪で顔を隠すように、うつむき気味に歩いてすれ違う。

「で、結局どうなったの、部長とは？」

「うん、付き合うことになったよ」

「キャー！」

弾むように明るい声で話す先輩たちの肩には、学校の鞄の他に楽器のケースが提げられていて、休み時間や、放課後の部活で彼女たちが過ごすのであろうキラキラとした時間が思い浮かんだ。その想像の眩しさで、私の足元の影が濃さを増したような気がした。

きっと、青春というものは、そういった時間をこそ過ごすべきなのだろうと思う。友だちと遊んで、笑って、勉強して、部活に打ち込んで、綺麗《きれい》な汗を流して、毎日を楽しむべきなのだろう。

今の私の状態が、あるべき形ではない、なんていうことは、誰よりも私が一番よく分かっている。担任の先生も、進路指導の先生も、私が「世間一般の正しい道」を歩めるよう、助言してくれているのは分かる。でも、それが出来ない人もいるのだと理解してもらいたい強い気持ちさえ、私は持てなかった。どうすればいいのかなんて、ずっと分からないし、もしかしたら、分かりたくもないのかもしれない。

保健室の扉を開くと、いつものように天野《あまの》先生が紅茶を飲んでいる。レースカーテン越しに差し込む朝の光が、先生の白衣を柔らかく透明に覆っているように見える。

「おはようございます」と、小さく頭を下げる。

「おはよう、月待《つきまち》さん」

養護教諭である天野先生は、三十代半ばと以前聞いたことがある、綺麗な女の先生だ。高校入学当初から保健室登校を続ける私に対して、校内で唯一、「こうあるべき」という正しさの暴力を押し付けずに接してくれる人だった。

「今日も、行くの？」と、微笑みながら私に訊《き》く。

「はい。すみません」

「謝ることないのに」

「……すみません」

部屋の隅に鞄を置いて、保健室を出る。教室ではもうホームルームが始まっているのだろう、しんと静まった校内を一人歩くのは、少し緊張する。

保健室は三階建て校舎の一階にあり、廊下を突き当りまで歩くと、図書室がある。人がいないことは分かっていても、なるべく音を立てないように小さく引き戸を開け、体を滑り込ませてから、後ろ手に扉を閉める。本の多い部屋特有の、少し埃《ほこり》っぽい匂いのする乾燥した空気を吸い込んで、吐き出して、ようやく呼吸が出来たような心地になる。

誰もいない空間。無数の物語がひしめく部屋。時が止まったような空気。この場所だけは、冷たい外の世界から切り離されているように感じる。

読みかけだった本のある棚に近付き、綺麗に整列した背表紙たちを指先でゆっくりなぞっていく。目的のタイトルを抜き出して、テーブルに戻る。

物語は、いい。そこに世界があるから。夢中になれば、その間だけでも、自分を忘れることができる。私がいるこの現実を、忘れることができる。

栞《しおり》を挟んでいたページを開き、文字を目で追っていく。途端に空気が溶け、時間が止まり、周りの音や景色が消える。言葉は水になり、行間は気泡になり、私を優しく、時に激しく、包み込んでいく。小さな文庫本に閉じ込められた世界に、心が深く、潜水していく。

――

「……ふう」

私は本と瞼《まぶた》を閉じて深く息をつき、読後の余韻に浸った。

思い出を失っていく記憶障害を持つ主人公と、彼に寄り添う少女の、秘密と、お別れの話だった。胸の中に、哀《かな》しみの冷たさと、感動の熱が同居しているのを感じる。その複雑な温度が消えてしまわないうちに、私はいそいそと受付テーブルに向かい、一冊のノートを手に取った。何の変哲もないＡ４サイズのそのノートの表紙には、黒のサインペンで「読書ノート」と書かれている。

いつかは知らないけれど、司書の先生か、あるいはここの利用者の誰かが、読書を介した生徒達《たち》の交流のために置いたもののようだ。でも、もともと生徒数も少なく、必然的に図書室の利用者数も少ないため、誰一人として使っていない。誰からも見られることのない真っ白なページが少しかわいそうになるそのノートを、私は個人的な読書記録に使っていた。

座っていた席にノートを持っていき、ついさっき読み終えた本の感想を書き込むためにノートを開くと、私は、驚いた。

それまで私の文字しかなかったページに、別の人の感想文が書かれているのだ。しかもそこで触れられているのは、今私が読み終え、想《おも》いを綴《つづ》ろうとしていたものと、同じ小説だ。書かれている文章を読んでみると、私が抱いた感想とぴったり合致した。私がその本を読んで感じたこと。寂しさや悲しさ、苦しさ。そしてその果ての、胸が熱くなるような強い気持ち。それら全てを、その人も同じように感じて、こうして文字にして残している。それが、なんだか嬉しい。

感想文の最後に、五枚の花弁を持つ小さな花が描かれていた。

「あ、ワスレナグサだ」

私を忘れないで、という言葉を持つその小さな花は、「君を忘れない」という花言葉のシオンと共に、物語中に印象的に登場していた。

Ａ４の紙の上に鉛筆の黒で産み出されたその花は、陽の光に揺れる空色の彩りを感じさせるほど繊細で、柔らかな瑞々《みずみず》しさを持っているようにさえ見える。物語ラストの、身を切るような寂しさの中でも、大切な記憶と共に一人歩き出した主人公と、そこで揺れていた花々の情景を思い起こし、目の奥が熱くなった。

この気持ちを、共有したい。私も同じ本を読んで、同じことを感じたと伝えたい。冷たく閉じ込めていた心の奥で、そういった思いが熱さを伴って、じわじわと広がっていくのを感じる。

私は鉛筆を持ち、ノートに文字を書き込んでいった。

私も今日、この本を読み終えました。

私が感じたことと同じ想いが書かれていて、嬉しく思います。

主人公は大切な人の喪失を経験したからこそ、自分の中にある命と思い出を大事にして、残された時間を、光の中で、前を向いて歩いていくんでしょうね。

ワスレナグサの絵、とてもキレイで、ステキです。

この言葉が、届くといいな、と思う。

昼休みになると一度保健室に戻り、鞄を持って校舎を出た。誰もいない中庭のベンチで一人、冷たいお弁当を食べる。深呼吸をして空を見上げると、雲の割れ目に秋の空の澄んだ青が見えた。胸の中に少し、風が吹き込むのを感じた。

午後にはまた図書室に籠り、私は新しく選んだ文庫本のページを捲《めく》っていく。

一学年に一クラスしかないような田舎町の高校で、基本的にこの図書室の利用者は私くらいしかいない。でも放課後になると、生徒が図書室に来ることが稀《まれ》にあるので、私はいつもその前に退室する。

保健室で天野先生に一日の活動報告（といっても、今日はこの本を読んだ、くらいしか言えないのだけれど）をして、下校する。帰りにスーパーで食材を買って、家で簡素な夕食を作り、一人で食べて、シャワーを浴びる。明日のお弁当の準備をした後、少し本を読んで、眠る。毎日はその繰り返し。

けれど今日、その繰り返しの中に、いつもとは違う小さな光が灯《とも》ったような、そんな気がする。

☽　10/25 Thu.

翌朝、登校した私はいつもよりもずっと緊張して、図書室の扉を開いた。

　私しか使っていなかった読書ノートに、初めて現れた人。私が書いたメッセージは、読んでくれただろうか。もしかしたら、返事が書かれているかもしれない。そう思うと、緊張と期待で胸が熱くなるのを感じた。
　部屋に入るとまっすぐに、読書ノートの置かれた受付テーブルに向かい、ページを開いた。

返事があって驚きました。同じ本を読んでいたなんて、奇遇ですね。
旭《あさひ》と月夜《つきよ》が辿《たど》った道程も、その結末も、とても悲しいものでしたが、二人で辿《たど》り着《つ》いたあのお別れがあったからこそ、切なくも綺麗なラストシーンの情景がより輝いて感じるんですよね。

絵についても、ありがとうございます。ほめられたのなんて、とても久しぶりな気がします。
※ノートを読み返したら、色んな本を読まれているんですね。これまであなた一人の楽園だったのに、僕の突然の闖入《ちんにゅう》をお許しください。

読みながら何度もうなずいた。「旭」と「月夜」というのは、作中の主人公とヒロインが、お互いに本名を知らないために、偽名をつけて呼び合っていた名前だ。

そして最後の一行を読んで、顔が熱くなるような気がした。ノートの唯一の利用者だったことがバレている。それはなんだか、寂しいやつだと思われたような恥ずかしさを感じる。でも、それで謝らなくてもいいのに。

これを書いた人は、男の人なんだろうか。一人称が「僕」だからとそう判断するのは早計だけれど、物静かで聡明《そうめい》な男の子のイメージが浮かぶ。同学年だろうか、先輩だろうか。

ともあれ、私が書いたメッセージを、この人が読んでくれて、返事をしてくれた。コミュニケーションが成立したんだ。自分の胸が高鳴っているのを感じる。

——私は、寂しかったんだろうか。

人を避けて、閉じこもって、一人でいることが楽だと思っていた。でも、やっぱり、私は、誰かと繋がっていたいのだろうか。だから、こうして繋がりを感じられて、こんなに嬉しいのだろうか。

ノートから顔を上げて、窓の外を見る。一階にある図書室の窓からは、誰もいないグラウンドと、くすんだ色の葉をつける寂しい木々と、寒々しい灰色の空が見える。

——当たり前だ。私は、寂しい。

胸の中に隙間風が吹き込んでくるように、温まっていた心が急速に凍えていくのを感じる。心の寒さは茨となって胸を突き破り、皮膚を裂くほどの寂しさで体を締め付けていく。

そして、私は、そんな寂しさの海に身を浸していなくてはいけないのだと、改めて思う。

幸せになんて、なっちゃいけないのだ、と。

泣きそうになりながら、改めて、思う。

☽　10/26 Fri.

明けない夜はある。

明けてはいけない夜はある。

今日も私は、鈍く冷たく光るカッターの刃先を左手首から離し、薄い皮膚の下に流れている血を認識する。どうして私が、生きているのだろう。

生きていたいと、積極的には思えない。だからといって、死んでしまおうとするほどの気力もない。いや、そう言って、逃げているだけかもしれない。痛いのは、怖い。そしてそう思うことにも、罪悪感を抱きながら。

「……いってきます」

看護師をしている母は、今日も家にいない。シングルで私を育ててくれていることに感謝はしている。私がもっと幼い時は、誰もいない家が寂しくて、怖くて、早く帰ってきてほしいと願っていた。けれど最近は、私のことを心配して優しくしてくれるのも、その心配に応えられない私の弱さも嫌で、家にいないことが多いのはありがたいとも思う。

きっと、私が死んだら。いつも手首に当てているカッターを、もう少し深く押し込んでしまったら――。母は、嘆き悲しんでくれるのだろう。処理や、手続きなんかで、とても苦労をかけるのだろう。

生まれてしまったからには、死ぬ時までも誰かに迷惑をかけ続けなければならないこの命の呪いのようなものを、悲しく感じる。

歩いていると、今日も通学中の小学生グループとすれ違った。以前、「幽霊がいた」と訴える少年は周りから笑われていたが、今日はまた雰囲気が違った。

「やっぱり松陵ヶ丘はあの世の入り口なんだよ」

「やべーな、この町」

「今度夜にみんなで行ってみようぜ」

などと、真剣な声音で話している。

娯楽の少ない田舎町だ。一つの噂《うわさ》が浸透し、大げさな尾ひれを付けて、エンタテインメントとして受け入れられたのだろう。子供が持つその「世界を楽しむ力」の一端を垣間見《かいまみ》たようで、少し、羨ましく感じた。


――


保健室の扉を開けると、いつもの席で天野先生が座っている。

「おはよう、月待さん」

「おはようございます」

「あれ、今日はまた元気ないのね」

「え、そうですか」

これまで私に元気があった時なんてあっただろうか。

「昨日は少しだけ表情が明るかったから、何かいいことでもあったのかなって、思ったんだけどな」

昨日は読書ノートの返事を期待していたからだ。そんなに表情に出るものなのだろうか。

「いえ……特には」

小さく頭を下げて、保健室を出た。私に優しくしてくれる人にさえ、愛想よくできない自分を、また少し嫌いになる。

冷たい廊下を歩き、誰もいない図書室に入る。扉を閉めて、ためていた息を吐き出す。

そして、やっぱり、気になってしまう。胸が疼《うず》くのを感じる。

読書ノートの置かれた受付テーブルに向かい、ページを開いた。

あやまる必要なんてないですよ。寂しかったこのノートの利用者が増えてくれて、嬉しいです。

次は、何の本を読むんですか?

これは、私が昨日のお昼に書いたメッセージ。疑問符で終わらせたのは、コミュニケーションを終わらせたくなかったからだ。暗闇の寂しさの中に自分を押し込めていても、灯《あか》りを感じるどこかに向けて、手を伸ばしてしまう。

その下に、また文字が増えていた。私が帰った後に、この人がまた図書室に来たのだろう。

快く受け入れてくれて、ありがとうございます。

僕もここでこうして交流できることが、嬉しいです。

次に読む本は、

そこに書かれていたタイトルは、ちょうど私も読もうと思っていた小説だった。不思議な一致を感じながら書棚に向かい、背表紙の並びを、愛おしむようにゆっくりと指で撫《な》でていく。目的の本を見つけ、そっと抜き出す。窓から入る秋の柔らかな陽射《ひざ》しに、美しいイラストの描かれた表紙をかざしてみる。

昨日の放課後にこのタイトルをノートに書いた、顔も名前も知らないその人は、もうこの本を手に取って、読み進めただろうか。どんな姿で、どんな気持ちで、ページを捲っていたのだろう。この狭い図書室の、どの席に座って、物語に潜り込んでいたのだろう。その人の読書経過を邪魔しないように、栞は挟まないようにしよう。

そう考えながら、私は本を机に連れて行った。

☽ 11/01 Thu. — 11/27 Tue.

今日は新刊が入っていたので、さっそく読み始めました。私はこの作家さんの言葉選びと、物語中に流れる空気の冷たさが好きで、以前からよく読んでいたのを思い出しました。読み終えたらまた感想を書きます。

ここから雑談ですけど・・・

物語には、大別すると、幸せな結末になるハッピーエンドと、その反対の悲しい結末（サッドエンドというんでしょうか）があると思いますが、あなたはどちらが好きですか？

私は以前、つらい現実から離れたくて本を読むのに、幻想の中でまで鬱々とさせる悲しい結末が嫌いだったんです。どうしてこんなつらい思いをさせる物語が存在するんだろうとまで思っていました。でも最近は、そういう、救いようのない物語にこそ救われる人もいるんだな、ということに、気付きました。

傷の共振とでも言うんでしょうか。冷たい絶望の底に横たわることで、ようやく息をすることができる。そんな夜の中に住まう人たちに、悲劇が求められているのかもしれませんね。


読書ノートを介した交流は、その後も続いていった。

私はほとんど一日図書室にいるので、読書ペースは速い方だと思う。でも相手もかなりの読書家のようで、次々に本を読み、二人で競うようにノートに感想を付けていった。

時には、その物語の情景を挿絵風に描いた絵が残されていることもあり、それに感化されて私の次に読む本を決定することもあった。本の感想は、意見が一致する時も、しない時もあり、その度に議論を交わすのが楽しかった。翌日にならなければ返事をもらえないことが、もどかしいと思うくらいに。

僕もちょうど同じ本を読んでいた所です。この人は寂しさや悲しさの表現が秀逸ですよね。簡単に壊れてしまうのに、触れたら皮膚が切られてしまう、薄氷の刃のような。

デビュー作からとても好きで何度も読み直したので、新作を手に取れて嬉しいです。僕も読み終えたら、感想を書きますね。

幸せな終わりと、悲劇的な結末。優劣や貴賤《きせん》ではなく、個人の好みなんだろうけど、これは本を読む人たちにとって永遠の議題でしょうね。

僕も前は純粋なハッピーエンドが好きでしたが、最近は、大きな悲しみの中にほんの少し灯された、幽《かす》かな救いの光を感じられるような物語が好きです。

はたから見たら悲劇的な終焉《しゅうえん》だけれど、物語の中の主人公達にとっては、どこか安心して、満足して、永遠に目を閉じられるような。

こういうの、メリーバッドエンドと呼ばれるんですかね。

名前を明かすのは躊躇《ためら》われるけれど、言葉を交わす上で、呼び名がないと不便なことがあり、彼（正確な性別は分からないが、便宜的にそう呼ぶことにする）の提案で、私たちに仮の名前をつけた。

　このやりとりの最初のきっかけとなった小説からなぞらえて、彼は私を「ツキヨ」と呼び、私は彼を「アサヒ」と呼ぶことにした。悲劇の恋愛小説の主人公たちの名で呼び合うその関係は、胸の中がくすぐったくなるような気恥ずかしさがあり、けれどとても、ロマンチックだ。

　いくつかのやり取りの後、煩わしいからもうやめようとアサヒが言い、お互いに敬語を使うこともなくなった。私たちは、仲の良《い》い友人が交換日記を書き合うように、読書ノートで日々、言葉を投げ合った。

　私もその一人なんだけど、「生きる理由」がないと、強く生きられない人種っているんだ。そういう人に、等しく強く生きることを強要する学校という場所は、やっぱりどこか歪《ゆが》んでいると思う。

　読書感想に限らず、様々な言葉を私たちは交わした。

とてもよく分かるよ。僕もここにいて、魂が疲弊することが多い。静かな図書室と、本に没頭する時間は、数少ない安らげる場所だ。そして、君とこうして言葉を交わせるこの時間も。

いつかツキヨに、生きる理由が見つかることを、願っているよ。

いつもアサヒは、穏やかに整った文字で優しい言葉を残し、時には私を元気付けるように、綺麗な花の絵を描いてくれた。それを見つける度、私の胸の底に温かな雫《しずく》が落ちるような、そんな気持ちになった。

僕が今日読んだ本で、興味深い言葉があったんだ。

遥《はる》か昔の人間は、男男、男女、女女、という三種類がいて、背中合わせで二体一身となっていた。(当然だけど、史実ではなく、そういう神話だよ)

しかし人間の行いに怒った神によって半分に引き裂かれ、男と女に分かれた。それ以降人類は、引き離された自分の片方を求めて、ひとつだった頃に戻りたくて、追憶と憧憬に苛《さいな》まれながら、本当の相手を探し続けている。そんな内容。

神話というのは突拍子もない物語だけれど、時に現代にも続く人間の本質を突くような、鋭くて、ロマンチックなものがあるね。

引き離された自分の片方。それを探し続ける旅路。

心のどこかが軋《きし》むような音を聞きながら、私はノートに返事を書いた。

「比翼の鳥」とか、「連理の枝」とか、そういった言葉に通じるような考えだね。素敵だと思う。

でももし、その本当の相手を見つけられなかったり、間違ったり、失ってしまったりしたら・・・

片方の命は、とても寂しくて、心細い、つらい旅になりそうだね。

――

うん、本当にそうだね。

僕らを取り巻く世界や運命というものは、大抵は残酷な顔をしているから。

翌日、残されていたアサヒの言葉に、それまでも時折感じたことのある、彼の纏《まと》う静かな痛みのような気配が含まれていて、心臓の鼓動がそっと共鳴するような、そんな感覚を覚えた。

小さく開けた窓から図書室に風が流れて、秋は冬に近付いていく。私の心は寂しさの夜の底にありながら、少しずつ、アサヒが零《こぼ》す仄《ほの》かな光を、受け入れていく。

どんな表情で、どんな気持ちで、どんな指先で――。あなたはこのノートに、言葉を書いているの。

☽ 11/28 Wed.

夕方、家で一人本を読んでいると、呼び出しのチャイムが鳴り響き、心臓が跳ねた。居留守をするには、部屋の明かりが外に漏れてしまっている。しばらく悩んだけれど、三回目のチャイムが鳴った頃、私はようやく立ち上がり、玄関へ向かった。

鍵とドアを開けると、すっかり暗くなった空を背景に、どこかで見たことがあるような体の大きいおじさんが立っていて、私の名を呼んだ。

「おお、燈ちゃん、今日も一人で留守番かい、かわいそうになぁ。お母さんは元気にしてる？」

状況が理解できずに口ごもっていると、右手に大きな紙袋を下げたそのおじさんは大きな声で笑った。

「はっはっは、そんなに警戒しないでよ、寂しくなっちゃうじゃんか。まあでも仕方ねえか、燈ちゃんも今や花の女子高生だもんな。近所のおじさんなんかには近付きたくねえか」

「えっと……すみません」

そう言ってから、今は謝罪よりも否定の言葉を言うべきだっただろうかと後悔する。これでは「近付きたくない」という点に同意して、それについて謝っていることになってしまうではないか。

けれどおじさんは気にした様子もなく、紙袋から何かを取り出した。それを見て、思い至る。

そうか、今年も、また。

「今ね、町内会のお仕事でこれ配って回ってんの。いやぁ、今年で最後だと思うとさ、やっぱり寂しいよね。なんだかんだでこの町はさ、こん時が一番盛り上がるっていうか、みんなが結束するっていうか、そういうアレだったたからさ」

おじさんの大きな手から、白い無地のビニール袋に入った荷物を受け取る。三〇センチ四方ほどのその平たい荷物は、見た目よりも、ずっと軽い。

「え、最後、って……？」

「なんだ燈ちゃん知らねえの？　環境問題だかで苦情があったみたいで、今年を最後でやめちまうんだよ、永訣祭《えいけつさい》」

知らなかった。世間から自分を隔離して生きているのだと、改めて気付く。

「まったく情けねえよな。モンスタークレ……クレーン？　……だか何だか知らねえけど、」

モンスタークレーマーと言いたいのかもしれない。

「ちっと苦情が来たくらいで、何百年と続いてる伝統行事をあっけなくお終《しま》いにしちまうなんざぁ、町長の気概ってもんが足りねえんじゃないかね。オレだったらガツンと言い返してやるのにさ」

いくつかの愚痴を唾と共に吐き出した後、おじさんは次の家に向かっていった。

私は荷物を居間に持っていき、中身を確認する。お知らせの紙と、灯篭を組むための素材が、二つ分入っている。

永訣祭。この町の伝統行事であるそのお祭りは、毎年冬に開かれる。お知らせの紙には、今年の開催日は十二月十五日（土）と書かれている。

願い事を書いた灯篭の中に火を灯し、川に流すのではなく、中で温められた空気の浮力で夜空に飛ばす。いくつものオレンジの灯りが、各家から同時にゆらゆらと上がっていく様子は幻想的に綺麗で、テレビの撮影隊が来たこともあったと聞いた。山に囲まれ、家の周りは畑や田んぼが広がるような田舎町で、この行事だけが特別であったことは、幼い頃から私も知っている。

本来はもっと由緒正しい歴史と背景があるようだけど、学生の間では「好きな人と一緒に灯篭を上げると結ばれる」というジンクスが昔からあり、いつの間にか生徒は、そのイベントの日の夜、自分の通う学校のグラウンドに集まる習慣が出来上がっていた。

私はビニール袋から出した灯篭の素材を、ぼんやりと見下ろした。骨組みにする細い竹と、袋状になっている白い和紙。願い事は各自好きなように書いてよくて、絵を描く人もいる。

ペン立てからサインペンを取り、私はその白い和紙に向かう。

願い事。願い事。願い事。

……願い事？

願い事って、何なのだろう。私は何を願っているのだろう。何を願うべきなのだろう。私なんかが、何かを願っていいのだろうか。分からない。

呼吸を忘れる程、まっさらな和紙を見つめた後、それら全てを袋に戻し、部屋の隅に置いた。

願い事なんて、私には、ない。

☽　11/29 Thu.

朝の保健室には、晩秋の空気に濾過《ろか》された白い光が満ちていて、そこで紅茶を飲んでいる天野先生は、なんだか、どこか、微笑みながら静かに泣いているように見えた。その姿が綺麗で、だから私は、立ち尽くして、見とれてしまう。

「おはよう、月待さん」

しばらくしてそれが私にかけられた言葉だと気付き、慌てて返事をする。

「あ、おはようございます」

先生はそんな私を「寝ぼけてるの？」と少し笑った後、言った。

「あなたも昨日、灯篭もらった？」

「はい」

「願い事は何を書くの？」

「……思いつかなくて」

「好きな人とか、いないの？」と、少し悪戯《いたずら》っぽい微笑みを浮かべて、先生は訊いてくる。

「いない、です」

「そう」

私が部屋の隅に鞄を置くと、天野先生は言葉を続けた。

「若い人たちには恋愛のイベントみたいになっちゃってるけど、永訣祭のもともとの目的って、知ってる？」

私は小さく首を振って、「知らないです」と答えた。

「『永訣』という言葉はね、永遠のお別れ、という意味なんだよ。だから、永訣祭は、さよならのお祭りなの」

さよならの、お祭り。私は心の中で、その単語を繰り返した。

先生は穏やかな声で、ゆっくりと言葉を選ぶように続ける。

「亡くなった人の魂を慰めて、お見送りすると共に、残された人たちの哀しみや、執着や、未練――そういったものを空に解き放って、前を向いて生きていこう……。もともとは、そういった願いが込められた行事だったんだって。この行事が始まった頃は、病気や、天災とかで、きっと沢山の人が亡くなったんだろうね」

「そうなんですか」

「霊とか、魂とか、そういうのを信じる人は現代ではほとんどいないから、本来の意味はどんどん薄れちゃって、願い事を書いたり、恋愛に結び付けたり、そういうライトなものに変化していったみたい」

先生は姿勢を変え、窓の外に目を向けた。空では薄い雲が一面に白く輝きながら、その先にあるはずの青を隠している。

「時代に応じて形を変えるのは当たり前のことなんだけど、昔の人達《ひとたち》のそんな想いや、願いが、忘れられていってしまうのは、……少し、寂しいね」

少し掠《かす》れたその声に、無数の擦り傷が含まれているような気がして、だから私は、訊いてしまった。

「先生は、誰かと、さよならをしたんですか？」

「んー？」

視線を私に戻した先生は、「ひみつ」と小さく言って、微笑んだ。


保健室を出ると、廊下の右側から生徒が三人横に並んで歩いてくるのが見え、胸元がぎゅうと絞られるように萎縮した。足が竦《すく》んで動けない。真ん中を歩く女子生徒は、周りの友人から「カエデ」と名前を呼ばれ、楽しそうに会話している。

彼女達《かのじょたち》が近付き、私の存在に気付く。睨《にら》むようなカエデの視線が、痛みを伴って私に突き刺さる。

ごめんなさい。ごめんなさい。ごめんなさい。そう心の中で何度も繰り返す。

廊下の端に寄って、自分の爪先だけを見てやり過ごそうとしていると、前を横切る彼女たちの囁《ささや》き声《ごえ》が聞こえた。どうしてこういう音を、この耳は敏感に捉えてしまうのだろう。

「入学してから今までずっと保健室登校してるんだよね。楽でいいよねぇ」

「一応うちらのクラスメイトなわけでしょ？　マジちゃんと顔見たこともないんだけ

ど。なんていったっけ、こいつ」

「月待燈」

隠そうとしない声量で私の名を伝えるカエデの声に、身体《からだ》がびくんと反応した。

「ちょっ、声でかいってカエデ」

クラスメイトが笑いながら、彼女の肩を叩《たた》く。カエデは笑うこともなく、言葉を続けた。

「ずっと傷付いて引きこもってだけいれば許されると思ってそうな所が、ムカつくんだよ」

違う、そんなこと思ってない。

私の声は声にならないまま、彼女の背中は少しずつ遠くなっていく。

胸が潰れるように痛む。溢《あふ》れそうになる涙を、唇を噛《か》んで堪えた。

許されるなんて、思っていない。許されたいとも思っていない。私は許されてはいけないんだ。幸せになっちゃいけないんだ。だからずっと傷付いている。自分を傷付け続けている。それの何がいけないの。

どうかもう、放っておいてほしい。私は私一人だけで、存分に私を傷付けられるから。

彼女たちの姿が見えなくなってから、私は足を引きずるように歩き、とぼとぼと図書室に向かった。

ねえ　アサヒ
私たちは　どうして生きているの
明けない夜の真ん中で　いつまで生きていなくちゃいけないの

言葉にすれば、思いは形を持って湧き上がってくる。私はどうして生きているの。心が張り裂けそうになる。アサヒに縋《すが》ろうとする自分の弱さを情けなく思う。縋っても、明日にならないと彼の返事を読めないことを、もどかしく思う。

震える指で文庫本のページを捲っても、文字が頭に入らない。物語の世界に入れない。現実が消えていかない。息をしても、胸に空気が入っていかない。涙はすぐに溢れそうになり、抑え込むことで精いっぱい。

光の中にいたくない、と私は思った。今は誰もいないとはいえ、人が来る可能性のあるこの場所にずっといることは、今の私には苦しく感じられた。誰もいない暗闇の中に、自分を押し込めていたい。

立ち上がって本を棚に戻し、受付テーブルの奥にある扉のノブを回した。この先は図書準備室で、沢山の蔵書が入ったダンボール箱が山を成している。特に大事な物もないからか、この部屋がいつも施錠されていないことを、私は知っていた。

準備室の窓には厚いカーテンがかけられて部屋は薄暗く、滅多に人が立ち入らないのか、空気が重く冷たく沈んでいるような気がする。私は並ぶダンボール箱の隙間に身を潜めるように腰を下ろし、膝を抱いた。

体の奥底の冷たい場所から、滔々《とうとう》と寂しさが湧き起こってくる。それは気道をせり上がり、喉を通り、唇を震わせて――

「翼くん……」

声となって零《こぼ》れ落《お》ちる。

名前を呼んだら、堪えていた涙が一粒、頬を流れた。

翼くん、私は、どうして生きているの。

☽　XX/XX XXX.

私は、知っている。この光景を。この過去を。何度も夢に見る。変えることなどできないのに。もう見せないで。見せないで。けれどこの意思も、夢に飲み込まれていく。私が、あの日の私に重なっていく。

外で雪が降っているせいか、薄暗い家の中を満たす静けさが、悲しい予感に震える呼吸の音さえ際立たせる。

『じゃあ……』

左耳に押し当てた受話器から、躊躇うような彼の声が聴こえる。私も彼も、まだスマホは持っていない。あの家の、あの階段の横にある電話で、彼も今、同じように受話器を耳に当て、立っているのだろう。

たっぷりの間を空けて、続く言葉が私の鼓膜を震わせる。

『……僕ら、お別れを、しよう、か』

引っ越しのことを話した時から、なんとなく予感はあった。けれど、声にして告げられると、胸が潰されるような寂しさが押し寄せてくる。
そんなこと言わないで。離れても電話するから。手紙を出すから。引き留めてよ。
ずっと一緒にいようって言ってよ。私の内側はそんな声でいっぱいになって、今にも
破裂しそうだ。
でも。
わがままを言って困らせてはいけない。嫌われてしまわないように、いい子でいな
くてはいけない。遠く離れてしまう私が、彼の未来を束縛してはいけない。そんな私
の外側が、私を置き去りにして、私をうなずかせる。
「……うん」
『じゃあ、最後に、あの丘で』
最後なんて言わないで。
「うん」
『ちゃんと、さよならを、しよう』
「……うん」
私の声は、震えてはいなかっただろうか。未練がましく思われなかっただろうか。
三〇分後にいつもの丘で会う約束をして、電話は終わった。私は大きく息を吐き出

して、倒れるように畳の上に仰向けになり、目元を拭った。

片親である母の転勤が決まったのは、ひと月前。地元の高校の受験が終わった一月だった。大切な人のいるこの町に一人で残るには、中学三年の私は幼すぎた。彼に伝えられないまま時間だけが過ぎ、ようやく切り出したのは、引っ越しを翌週に控えた、二月の中頃だった。

彼——明空《みよく》翼《つばさ》くんは、物心ついた頃からそばにいて、よく一緒に遊んでいた、幼馴染《おさななじみ》というやつだ。臆病で引っ込み思案のくせに寂しがり屋な私にとって、優しく寄り添ってくれる彼はヒーローであり、初恋の相手であり、そして世界で一番大切な恋人だった。

私たちの住む町には、近くの山の中腹に町を一望できる見晴らし台があり、よくそこまで一緒に登っていた。中学二年の春の日に、満開の桜が揺れるその丘で恋人になれた日は、舞い上がって夜、眠れなかった。けれど、私たちはもう、離れなくてはいけない。

想いを告げてくれた時、私がどれだけ嬉しかったか、彼は知っているだろうか。今でもこんなに好きなことを、彼はどれだけ知ってくれているのだろうか。考える度に胸が痛んで、目が腫れてしまうことを気にしても、涙は止まってくれなかった。

沢山の感情に圧《お》し潰されて、さよならをしたくなくて、そんなことを言い出す彼への不服もあって、私は待ち合わせの時間を三〇分も遅れてようやく家を出た。

二月の夕方。空は厚い雲が覆い、ひらひらと雪が舞っている。今年は例年にない降雪量だと、テレビの中でニュースキャスターが話していたのを思い出した。傘を差して、雪が踏み固められた道を歩く。こんな日に外で待たせるなんて、悪いことをしてしまった。会ったら謝って、そして、私の内側の気持ちを、ちゃんと伝えよう。

うつむいて歩く私の足は交差点に差し掛かった。町の中では大きめの二車線道路で、いくつかの車がスピードを出して走っていく。足を止めて前を見ると、通りを挟んで向かい側に、彼が立っていた。少し驚いているような表情で、私を見ている。

私は背中を叩かれるように叫んだ。

「翼くん！　遅れてごめんなさい！　私、やっぱり、」

通りを挟んで向かい合う私たちを引き裂くように、目の前を大きなトラックが音を立てて走り、私の声は中断される。

伝えなくては。伝えたいんだ。私は歩道の上に立ったまま、反対側の歩道まで届くように、冬の冷たい空気を胸いっぱいに取り込んで、続けた。

「やっぱり私！ あなたと――」

離れたくない。そう言い切る前に、彼の叫ぶ声が聞こえた。

「燈！」

こちらに手を伸ばして、道路を横断して駆け寄ってくる。

横切る車がクラクションを鳴らして彼の後ろスレスレを走り去っていく。危ないよ翼くん、そう言いかけた私の声を、彼の声がかき消した。

「逃げてぇ!!」

突如クラクションの轟音《ごうおん》が背後に聞こえ、振り返る私の視界はヘッドライトの光で眩《まばゆ》く塗り潰された。思わず目をつぶる前の一瞬で見えたのは、化け物みたいな音と速さで迫り来る、大きな青いトラックと、雪で空回りするタイヤ。

死を覚悟する暇さえなかった。私は左腕の辺りを、誰かの優しく強い力で突き飛ばされた。雪道の上に転がされた私はすぐに、重い金属がぶつかって潰れるような激しい衝撃音を聞く。

振り向くことが、怖かった。四《よ》つん這《ば》いの私の体は寒さと恐怖に震えながらも、彼に押された腕の辺りだけ、やけに熱く感じた。

世界から音が消えたような気がする。時間が止まったような気がする。それでも私の目の前に、彼が使っていた傘がふわりと落ちてきた。息を呑《の》んで、私はゆっくり振り向く。

そこには、さっき見た青いトラックと、

「あ、ああ……」

激しく歪んだ白いガードレールと、白い白い白い雪道と、そこに広がる不自然なほどの赤、と、

「あああああああああ！」

私の大好きな、幼馴染が——

☽　11/29 Thu.

「あああああああああ！」

自分の叫び声で目覚めると、私はダンボールの山の隙間で泣いていた。心が壊れそうになっている。いや、きっともう壊れている。

結局あれから、私の心情を配慮してか、母の転勤の話はうやむやになったまま、私は私が生まれたこの町に、今でも住んでいる。彼と一緒に受けた入学試験は合格しており、通うはずのなかったこの高校に、私だけ通っている。生きているはずのなかった私が、私だけが、この町で、今も、どうしようもなく、生きている。

引き離された自分の片方を求めて、ひとつだった頃に戻りたくて、追憶と憧憬に苛まれながら、本当の相手を探し続けている。

以前アサヒがノートに書いた神話の一節を不意に思い出した。その引き離された自分の片方を、もう永遠に見つけられないこの旅路で、私はどうやって歩けばいい。

明けない夜はない、なんて言う人がいるけど、あれは嘘だ。少なくとも、私の中に広がる星もない悔恨の夜は、悲しみの止《や》まない雨と共に、彼が亡くなって半年以上経《た》つ今でも、変わらずに続いている。

私があの時、約束の通りにあの丘に行っていれば。電話でちゃんと気持ちを伝えていれば。いや、そもそも、私なんかが翼くんの恋人でなければ。

私のせいで。私のせいで。私のせいで。

暗く寒い図書準備室で、抱えた膝に顔を埋め、私は生きている自分を呪うように何度もそう繰り返した。


「うおっ」

突然聞こえた声に、身体がびくんと反応する。見上げると、司書教諭の先生が準備室に繋がる扉を開けて硬直していた。

「びっくりしたぁ、何やってんだこんな所で。もう下校時間だぞ、帰りなさい」

「すみません、帰ります」

立ち上がり部屋を出ようとする私を、先生が呼び止めた。

「おい、泣いてたのか？　大丈夫か？　学年と名前は？」

「大丈夫です、すみません」

頭を下げて準備室を出る。図書室ももう薄暗く、誰もいない。走り去ろうとする私の足は、読書ノートの前で止まった。アサヒは、返事をくれているだろうか。ページを捲ると、彼の文字が増えているのが見えた。私が準備室で眠っている間、アサヒがここに来ていたんだ。壊れているはずの心が、確かに脈動した。

「何してんだ、帰らないのか？」

「あ、あの、」

　私は渇いた喉に唾を飲み込み、震える声を発した。

「放課後、図書室に生徒は何人くらい来ましたか？」

　アサヒはどんな人ですか。どんな時にこれを書いていましたか。どんな姿で、どんな表情で——

「悲しいこと訊くなぁお前。生徒が少なくて廃校寸前の高校の図書室なんざ、一人も来てねえよ。おかげで俺はここでリラックスして過ごせるんだけどな」

「え、でも、あの、」

「どうせ最近の若者はあれだろ、寂れた図書室で読書なんかよりも、最近できたファストフードの店に行きたくてしょうがないんだろ」

「あの、先生がここに来る前とか、例えばよそ見とか、居眠りとかしてる間に、誰か来てたりは」

「バカにしてんのかお前は……。誰も来てないって言ってるだろ。ほら、いいから帰りなさい」

　追い立てられて、それでもアサヒに救いを求めてしまう弱い私は、ノートを掴《つか》んで駆け出した。

「あ、お前っ」

先生の声がしたけど、気にせずに図書室を後にする。どうせ、私たち以外の誰も使ってないいじゃないか。明日の朝には、ちゃんと戻すから。


――


何かあったの?

つらいことがあったなら、ゆっくり休むんだよ。

どうして生きているのか、いつまで生きていなくちゃいけないのか、それは僕にも分からない。

でも僕は、君に生きていてほしいと思う。そう思うのは、僕のエゴなのかもしれない。もしかしたら君の首を絞めてしまう願いなのかもしれない。けれど、本当にそう思う。

ツキヨ、僕は、君には、生きていてほしい。

日中に沢山眠ってしまった私は、その日の夜、布団に仰向けになって、アサヒの残した言葉と、小さく添えられているカキツバタの花の絵を、ずっと眺めていた。カキツバタの花言葉は、「幸せは必ず来る」というものらしい。その言葉は、ひび割れた私の心に浸透しないまま、滑って落ちていく。

私は、幸せになっちゃいけないと思っている。私のせいで、私を守って、翼くんは死んだ。私はその罰を受け続けなくちゃいけないと思っている。そんな気持ちで、これからずっと生きていかなくてはいけないのは、とてもつらい。「生きていて」という、本来美しいのであろうその願いは、アサヒの言うように、真綿となって柔らかく私の首を絞めてくる。

ノートを持つ手を力なく下ろし、私は目を閉じた。もう、夢を見なければいい、そう小さく願いながら。

☽　11/30 Fri.

目覚まし時計の電子音を止めると、眩暈《めまい》を感じた。布団から出ると、一気に寒気が体の芯まで突き抜けた。

　昨日、寒い図書準備室で居眠りして、風邪を引いてしまったのだろうか。フラフラする身体を引き摺《ひず》って居間の棚にある薬箱を漁《あさ》り、体温計をわきの下に挟む。しばらくして取り出した液晶画面には、三十九度を示す表示がされていた。

　ノートを図書室に戻さなくては。そうしないと、アサヒと交流が出来ない。そう思って部屋に戻りパジャマを脱ぎ、制服に着替えた。ノートを入れた鞄を持ち、玄関に向かう。けれど意識が朦朧《もうろう》として、私は床にへたり込む。板張りの床が冷たい。寒い。誰もいない。

　這《は》うようにして廊下を進み、なんとか自室の扉を開けた。呼吸が乱れる。世界が歪んで、ぐるぐると回っている。コートを脱ぐ気力もなく、私はそのまま頭まで布団に潜りこんだ。

　目を閉じていると、守る殻が曖昧になった意識に、夢がにじり寄ってくる気配を感じる。嫌だ。もう見せないで。でも抗《あらが》えない。落ちていく。

　心が、過去に落ちていく。

翼くんと、カエデと、私の三人は、家が近くて仲良しの幼馴染三人組だった。物心ついた頃には、もうみんな一緒にいたと思う。

優しくて穏やかな翼くんと、消極的で怖がりな私を、活発で賑《にぎ》やかなカエデがいつも引っ張ってくれて、色んな遊びをした。

幼稚園の頃は公園で泥遊びやおままごとをした。なぜかカエデがいつもお父さん役をやりたがり、そして彼女は「お父さん」がとても上手だった。翼くんがお母さん役で、私は二人の子供であることが多かった。その配役は、今思うと少し笑ってしまう。

小学生の頃はみんなで自転車の練習をして、転んで泣いたり、笑ったり。公園のベンチに座って、翼くんの持ってきた携帯ゲーム機の小さな画面を、三人で顔を寄せて覗《のぞ》き込《こ》んだりする日もあった。

中学生になって、制服を着て、私たちの性別の違いをまざまざと感じるようになっても、三人はよく集まっていた。その頃にはもう、翼くんに対して私の中にずっとある気持ちが何なのか、よく分かっていた。

そして、私が胸の中に隠して育てている気持ちと同じものが、カエデの中にもあるのだと、悲しいくらいに、分かっていた。

でも、どうすればいいのかは分からなくて、みんなでいる時間があまりにも優しくて心地よくて、ずっと続いてほしいと思うから。私はこの気持ちをきっと隠したまま、おばあちゃんになっていくんだろうな、なんて、思っていた。


「ねえ燈、ちょっとコンビニ寄ってこうよ」

中学一年のある日の学校の帰り道、カエデにそう言われた。翼くんは委員会の仕事で学校に残っている。こうして二人だけでいるのが珍しく感じるくらい、私たち三人はいつも一緒だった。

「え、寄り道はだめって、先生が言ってるじゃん」

「あはは、中学生にもなってカタイなぁ燈は。バレなきゃ大丈夫だって。あたしちょっとお腹空《なか》いちゃってさ」

「えぇー、買い食いー？　私先に帰るから、カエデ一人で行きなよ」

「いいじゃんちょっとくらい。燈の好きなシュークリーム、おごったげるからさ」

「え、ホント？」

結局私は、「あはは、ちょろいー」とカエデに笑われながら、知り合いに見咎《みとが》められないかとハラハラしながら、カエデの寄り道に付き合った。だって、ここのコンビニのシュークリームは、大きくて、ふわふわで、中はカスタードと生クリームのダブルなのだ。そんなの、抗えない。

お店を出たカエデは、手に下げたレジ袋を隠そうともせずに歩き、昔から三人でよく遊んでいるいつもの公園に立ち寄った。

「はい、燈の」と言って、シュークリームの袋を渡してくれる。

「ありがとう。でも、家に帰って食べない？」と校則違反を気にする私を、またカエデが笑った。

公園には春の終わりの優しい風が吹き、花壇の花を揺らして、ブランコに並んで座ってシュークリームを食べる私たちのスカートをはためかせていく。クリームの甘さが口の中に広がって、胸に温かな幸福が満ちていく。思わずにこにこしてしまう。そんな私を、カエデがにやにやしながら見ていた。

「燈は本当にこれが好きだなぁ」

「だって、甘いものは正義だよ」

「校則違反してるのに？」

「今それは言わないでー」

「あははははっ」

空は青くて、空気は澄んで、親友は優しくて、大好きな男の子がいて。

学校の宿題も、お父さんの命を奪った病も、仕事が忙しくてなかなか家にいてくれないお母さんも、誰もいない暗い家も、今なら少し、受け入れられるような気がした。

「でさ、」と、早々にシュークリームを食べ終えたカエデが言う。

「燈は、翼のこと、好きでしょ？」

私は口に入れたクリームを吹き出してしまう。もったいない。

「え、なんで、急に、そんな」

「あはは、慌てすぎ。かわいいな燈は」

カエデはポケットティッシュを出して、私の口元を拭いてくれた。

「で、どうなの？」

「そりゃあ……好きだよ、友だちとして」

「異性としては？」

「どうして、そんなこと訊くの？」

うつむく私を、カエデはまっすぐ見つめてくる。

「あたしも好きだからだよ」

「えっ」

「翼のこと。異性として、大好き」

彼女の方を向いたら、カエデは優しく微笑んだ。

「カッコイイし、家がお金持ちだし」

それだけじゃないよと眉をひそめると、私の反応を待っていたようにカエデは続けた。

「でもそんなの関係なくて、彼の優しさとか、自然な気遣いとか、明空翼っていう青空の似合いそうな爽やかなフルネームとか、時折見せる寂しそうな目とか、声とか、さらさらの髪とか、細くて綺麗な、女の子みたいな指とか、その指が描き出す整った字とか――」

私とまったく同じ気持ちを言ってくれるので、私は思わず「うん、うん」と何度もうなずいた。

「そういう、彼を構成する要素の、全部が、どうしようもなく、苦しいくらいに、好き」

「うん、分かるよ」

「ほら、やっぱり燈も好きなんじゃん」

「えぇ、私、はめられた？」

あはは、と笑って彼女は立ち上がり、少し歩いて私に背を向けると、風の中でショートの髪をそよがせた。

「でもさ、もし、あたしたちのどっちかが、翼の彼女になっちゃったら、」

「……うん」

「今までみたいに、三人で遊ぶのは、難しくなるのかなぁって、思ってるんだ」

私は手元にある食べかけのシュークリームに視線を落とした。それも、私が思っていることと、同じだ。

「あたしが翼を好きなのと同じくらい、さ、」

カエデはくるりと振り向いて、優しい顔で言った。

「あたしは燈のことも好きだから」

不意の言葉に、自然と涙が湧き上がってぽろりと零れた。

「なんで泣くんだよぉ」

「うん、私も、カエデ、好き」

「カタコトになってんじゃゃん」

「ふふふっ」

彼女が私に近付き、涙を拭ってくれた。

「だから、難しいよね、って、思ってたんだ」

「うん……難しいね」

結局その日は、「難しい」という結論だけ出して、それぞれの家に帰った。でも、お互いに気持ちを打ち明け合ったことで、ますます二人のことを好きになった。

難しい。難しいね。

でも、嬉しくも感じるのは、なぜだろう。


――


目覚めると、私はまた泣いていた。過去だけがどこまでも優しくて、どうやったってそこに戻れない現実が、悲しい。

布団に仰向けになる私の額には冷たい何かが載っていて、手で触れるとそれは湿ったタオルだった。お母さんが帰ってきていたんだろう。布団の横にメモが置いてある。

「学校から電話があって、様子を見に来ました。いつも家にいられなくてごめんね。

おかゆ作ったから温めて食べて、ゆっくり休んでね。仕事に戻るけど、いつでも電話して。母より」。私はまた、少し泣いた。

時計を見ると、午後の三時になっている。制服を着ていたはずだけれど、寝ている間に母親が着替えさせてくれたらしいパジャマは、汗でぐっしょりと濡《ぬ》れていた。そのおかげか、熱は少し落ち着いた気がする。大きく息を吸って、ゆっくりと吐く。

私は、カエデと、翼くんと、三人で過ごす時間が大好きだった。だから、申し訳なく思いながら、胸が痛くなりながら、翼くんと恋人になったことは、カエデには内緒にしていた。

彼女の屈託のない笑顔を見て、隠し事をしている自分に罪悪感を抱き、友だちとして話さなきゃいけないとは何度も思った。けれどその度に、カエデを傷付けて、嫌われて、これまでの三人の関係が壊れてしまう可能性を思い、それが怖くて、口を噤《つぐ》んでしまった。今となっては、全て、弱い私の言い訳にしかならないのだけれど。

翼くんが死んでしまった後、説明を求めるカエデに、全て話した。彼女は涙を流しながら私の頰を打ち、「お前のせいで翼が死んじゃったんじゃないか！」と叫んだ。走り去っていく彼女を、私は呼び止めることができなかった。その日から、私はカエデと、話していない。

まだ少しぼうっとする頭で、枕元に置かれていた鞄を引き寄せ、図書室から持ってきてしまった読書ノートを引っ張り出し、ページを開いて文字を書いていく。

ごめんなさい　カゼをひいて　熱が出てしまいました
今日はお話ができないのが　さみしいです
私はまだ　生きています
ごめんなさい　ごめんなさい

ごめんなさい。ごめんなさい。私は心の中で様々なものごとに、何度も謝った。

——

お風呂に入って、母親が作っておいてくれたおかゆを食べると、夕方には体調はずいぶん良くなった。時計を見ると、午後の五時半。もう今から学校には行けない。今日は金曜日だから、読書ノートを戻すのは休み明けの月曜になる。そうすると、アサヒの返事を見られるのは、次の火曜日だ。

寂しい気持ちを抱えながら自室に戻り、机に座って、何気なくノートを開く。そして私は、驚いた。


大丈夫？

謝ることなんて絶対にないから、栄養をとってゆっくり休んで、元気になって。

君がこれを読む頃には、もう治っているんだろうけど。

また話せるのを、気長に待ってるよ。


アサヒの言葉が、私の文字の下に書き込まれていた。

私がいない間に、私の部屋に入って、これを書いたのだろうか。いや、そんなはずはない。アサヒは私が何者かも知らないのだし、このノートが今、私の家にあることさえ、知らないはずなのだ。じゃあ、一体——

鉛筆を取り、震える指で、彼の言葉の下に文字を書き込む。

あなたは　誰なの？

そしてすぐ、私はさらに驚愕《きょうがく》する。
今私が書いた文字の下に、新たな鉛筆の線がさらさらと増え、言葉を形作っていく。

ちょっと待って 君は 何なの?
なぜ勝手に文字が増えるの

思わず辺りを見回す。何もない。誰もいない。どういうことなの。
混乱しながらも、文字を書き足す。

私は

手が震える。呼吸が乱れる。幽かな予感が、私の中で膨らんでいく。文字だけでも、どこか似ている雰囲気を感じていた。だから、少しずつ、惹《ひ》かれていた。でもそんなことは、あり得ない。だって彼は、半年前に――

私は 月待 燈

ノートの向こうで息を呑む気配が伝わるほどの、アサヒの沈黙があった。

バカな　燈は

現れた文字は、そこで少し止まった。躊躇うような間を空けて、文字が増える。

燈は　半年前に　死んだ

目の奥が熱くなる。体中の皮膚が鳥肌を立て、感情の全てが震え出す。

あなたは　もしかして

私の文字に、彼が応える。

僕の名は

次に現れた文字を見て、私は溢れる涙を抑えられなくなった。

僕の名は　明空　翼

二章　触れ得ぬ指のディスタンス ― Distance of unreachable fingers.

☽　11/30 Fri.

とても信じられないことだった。半年前――正確には九か月と十三日前に、翼くんは私を庇《かば》って、雪でスリップして制御が効かなくなったトラックと、冷たいガードレールの間に挟まれて、死んだ。

それが世界の嘘であるはずがない。だって私はこの目で――何度も夢に現れて、その度に悲鳴を上げて飛び起きるくらい――彼の最期の姿も、棺《ひつぎ》の中で不自然に整えられた顔も、見たのだから。

でもノートの中の「アサヒ」は、自分が「明空　翼」だと言う。そして半年前に死んだのは、私だと。

あり得ないことだった。けれど今も私の目の前で、ノートにすらすらと、「アサヒ」

の文字が増えていく。

ちょっと混乱してる　もう一度確認させて　君は本当に月待燈なの？

心臓が壊れそうなほど音を立てて脈打っているのを感じながら、私は鉛筆で文字を書き込む。句読点を打つのも煩わしい。

本当だよ　アサヒこそ　本当に明空翼くんなの？

言葉でそう言い合っていても状況は変わらないね　じゃあ証明してみよう

証明？　どうやって？

僕たち　明空翼と月待燈の二人にしか知り得ないことを書いて確かめるんだ

何かないかな　僕に質問してみて

そう言われて、私は考えた。私たちの共通の想《おも》い出《で》なんて、数え切れないくらいに沢山ある。その中でも、他の人が知らなくて、私と彼だけが知っていること……

小一の時に　公園で自転車の練習をしていて二人で派手に転んだの覚えてる?

あったね　泣きじゃくる僕たちを見て　カエデが大笑いしてた　よく覚えてる

その時　大きく擦りむいた場所は?

僕が右ヒザで　燈が左ヒザだった

ノートに増えた文字は、私の記憶と一致した。でもこれだけでは、カエデも知っていることだし、もしかしたら私たちの親も知っているかもしれない。もう一歩踏み込んだ質問を書こうとした時、彼の文字が増えた。

あの傷　二人とも猫の顔の形してたんだよね　丸の上に耳みたいなのが二つ出てて

次の日に燈と二人で話してた時に気付いて　驚いたし　笑ったな

そう、転んだ日の翌日、ガーゼを剝がしてこっそりと傷を見せ合った時、二人の傷の形が猫の顔に見えて、笑い合った。同じ形の傷跡を隠し持っていることが、なんだか不思議な連帯感を私に抱かせたのを、よく覚えている。

他にも何かないかな？

正直まだ、信じられない。ノートに勝手に文字が増えていくということの現象も、その文字を書いている相手が、九か月前に亡くなった翼くんであるということも。夢の中にいるようなふわふわとした熱を体に感じながら、私は文字を書き足す。

私が九才の時　お父さんが病気で亡くなったんだけど

書きながら、私は思い出す。蒸し暑い夏の日で、コバルトブルーの絵の具をそのまま塗りつけたような濃い青空と大きな入道雲が見えて、セミの鳴き声と風鈴の音がやけにうるさかった。お母さんは葬儀や何かの手続きで忙しく、私は毎日家の縁側に座ってずっと泣いていた。そんな私のそばに、悲しそうな顔で翼くんが寄り添ってくれていた。しばらくして彼はいなくなったけれど、彼の家から画用紙とクレヨンを持ってきて、私の隣で絵を描き始めたのだ。

その時に描いてくれた絵はどんなのだった?

白猫と黒猫だよね　花畑の中で人間みたいに二本足で立って　手を繋いでる

その言葉は、迷うことなくすらすらと現れた。
同年代の子が描いたと思えない、その美しく優しい彩りに溢れた光景に、当時の私の心は惹《ひ》き付《つ》けられ、気付けば涙は止まっていた。それまで彼に絵を描く趣味があるということを知らなかったけれど、私にだけこっそり教えてくれたようだった。
その絵は私だけの宝物になって、今でも机の引き出しで眠っている。そしてその日から、それまでも無意識に抱いていた朧《おぼろ》げな好意が、どうしようもなく加速していったのだとも思う。

この想い出を、私は誰にも話していない。彼も、きっと同じはずだ。
信じられないという気持ちが、少しずつ確信に変わっていく。
この人は——
このノートの向こう側で、今、私と言葉を交わしている人は——

もう一つだけ　きいてもいい？

もちろん　何でもどうぞ

あなたが　私に　想いを伝えてくれた時と　場所は？

ノートの文字は、少し躊躇いの間を空けた。

中学二年の春　約束の丘

さっきまでの驚きとは異なる感情で、胸が熱く、高鳴っていく。

もう私は、理解している。疑いようもなく、確信している。
それでもその言葉が欲しくて、私は質問を続ける。

その時の　言葉は?

それは　恥ずかしいな

何でもどうぞって書いたじゃん

深呼吸を挟むようなたっぷりとした間を置いて、彼の文字が増えた。

君　が　好　き　だ

驚きで止まっていた涙が、その言葉を見て再び溢れた。
もう永遠に失われたのだと思った。それまでの十数年、当たり前のように続けてきた、会うことも、触れることも、話すことも、笑い合うことも。その全てが奪われて、残酷な世界に私一人が放り出されたと思っていた。死というものはそれほどまでに冷たい断絶になるのだと、絶望的に思い知らされた。

どれだけ願っただろうか。叶《かな》うことはないと知りながら、どれだけ求めただろうか。あの事故が起こらなかった世界を。彼が死んでしまうことがない世界を。

けれど、確かに今こうして、このノートを隔てて、間違いなく彼は存在している。鉛筆を持って、息をして、心臓を動かして、言葉を考えて、それを私に伝えている。生きている。ここではないどこかで、翼くんは、生きているんだ。その事実は、途方もなく、私の心を温める。

うん　あなたは　翼くんだね

僕も確信できたよ　君が書いた質問は　僕と君しか知り得ないことだ
ツキヨ　君は　間違いなく　月待燈だ

でも　どうして？　翼くんは私の目の前で　事故で亡くなったのに

パラレルワールドというものなのかもしれない

と、彼は書いた。

僕の世界では、今年の二月十七日、間違いなく君は、暴走したトラックにひかれて、亡くなっている。

いつもより多く雪の降る、寒い日だった。僕は君が遠くに越してしまうと聞いて、きちんとお別れをしようと提案し、約束の丘に行った。でも君がなかなか来なくて、心配になって戻ってみると、交差点の所で道路を挟んで燈を見つけた。君は僕に何かを伝えようとしていたけど、僕は君の後ろから、大きな青いトラックがおかしな動きで迫って来るのを見たんだ。

僕は駆け出して、手を伸ばした。君を助けようと思ったんだ。けれど、

流れるように書き込まれてきた言葉が、そこで呼吸を挟むように、少し止まった。その続きを私に伝えることを、躊躇ったのだろう。遠回しな表現で彼は続けた。

あと少しの所で、間に合わなかった。

燈の方は、どう?

私もほとんど同じだ。違うのは、少しだけ。

私がトラックに気付いた後、翼くんに突き飛ばされて、私は助かった。でも代わりに、翼くんが

私もそこで手が止まる。何度も夢に見る映像。叫びたくなる光景。事実を伝えるためだとしても、自分の意思でその瞬間を思い出したくなんてなかった。

そうか　と、彼は書く。

そっちの僕は　ちゃんと君を守れたんだな

その文字は、どこか安心したような柔らかさがあった。

きっと、そのトラックの衝突の直前で分かれたんだろう。

その文字の下に、翼くんは左から右に向かって、横に伸びる線を引いた。その線の先に、衝撃を表すようなトゲトゲした絵が描かれ、そのトゲトゲから上と下に二本の線が飛び出す。その二本が、平行の間隔を開けながら右に伸びていく。

君が死んだ僕がいる世界と、僕が死んだ君のいる世界。この二つが平行に存在していて、なぜかこのノートを介して、今、つながっている。

二本の平行線の間に、二つを繋ぐ形で点線が描かれ、その横に小さくノートの絵が現れた。

そして、想いを噛みしめるようなゆっくりとした速度で、次の文字が綴られていく。

君が生きている世界があって、本当に、よかった。

それは、私も同じ気持ちだ。あなたが生きている世界があって、本当に、本当に、よかった。

平行世界という概念は聞いたことはあっても、それは物語の中だけのもので、こうして現実に存在しているとは、考えたこともなかった。でも、難しいことは分からないけど、こうしてまた、翼くんと言葉を交わすことができる。それが、とても、とても、とても嬉しい。

その気持ちを書こうとしたら、先に彼の文字が増えた。

ごめん　下校時間だ　ノートを持って帰るから　待ってて
昨日私がされたように、彼も今、司書教諭の先生から下校を促されているのだろうか。その光景が頭に浮かんだ。

持って帰ってだいじょうぶ？　他に使ってる人いないの？

既に図書室を出たのか、しばらく返事はなかったけれど——

僕と君しか　使ってなかったじゃないか

無事に帰宅したのだろう、三〇分ほどして現れた彼の文字を見て、「そうだった」と、少し笑った。

☽　12/01 Sat.

今　コンビニの駐車場の前に着いたよ

土曜日、私は朝からノートと鉛筆を持って、外を歩いていた。はたから見たら私は、ノートを見たり書いたりしながら、一人で時々微笑んで町をうろつく、さぞかし怪しい人に映るだろう。

僕もだ　前はよくここで待ち合わせをしたね

うん　待ってる時いつもドキドキしてたよ

じゃあ　どこから行こうか

まずは　小学校に行かない？

いいね

昨日の夜、翼くんと約束して、ノートで筆談をしながら一緒に町を散歩することにしていた。文字で現在地を合わせながら、まるで失った日々を取り戻そうとするみたいに、思い出の場所を歩いていく。私の隣を透明な彼が歩いているような、そんな不思議な錯覚に、胸が複雑に高鳴る。

いつも三人で歩いた、小学校の通学路。春には大きな桜が咲いて、とても綺麗になる。ランドセルが重かったと書いたら、彼も同意した。

僕も　いつも肩が疲れていた覚えがある

そういえばカエデのだけやけに軽くておどろいたけど　彼女は教科書を全部教室に置いていたんだったね

そうそう　笑　だから宿題の時いつも　私に泣きついてきてた

懐かしいな

うん　懐かしいね

中学校の通学路も、久しぶりに歩いた。翼くんが死んだ後、私は家で塞ぎ込み、この道を歩くことはなかったから。

彼の告白を受けて付き合うようになってから、カエデから隠れるように二人で会うことが増えた。空き家を見つけて忍び込み、私たちの秘密基地にして、ひっそりとお話しをして過ごした。電気が点かず、自然光だけが射《さ》しこむ密《ひそ》やかな暗さの中、手が少し触れるだけで倒れそうなくらい緊張して、そして、とても、幸せだった。

ここにノラ猫が入ってきたことがあったよね

あったね！　三毛の子だった

はじめはびっくりして怖かったけど　お弁当を分けてあげたらよろこんで食べてたね　人懐こくてかわいい子だったな

どこに行ったのかなあ　元気でやってるかな

少し前に　小さい子猫と一緒に丸くなって眠ってる三毛猫を見かけたけど　色合い的に彼女だったのかもしれない

すごい　お母さんになってたんだ　幸せにやってるんだね　よかった

お昼になったので、家で作って持ってきたおにぎりを、その秘密基地で食べる。翼くんはサンドイッチを食べていると、文字で教えてくれた。あの頃のように、私の隣に、座っているのだろうか。

ねえ　約束の丘にも　また行きたい

事故現場の道は通らないように気を付けつつ、かつて私たちが想いを通わせ合って、その後も何度も二人で登った、山の中腹の見晴らし台に行くことにした。

本当は「松陵ヶ丘」という名前があるらしいあの見晴らし台を、私たちは勝手に「約束の丘」と呼んでいた。当然あの場所も、彼が死んでからは、行ったことがない。

丘に登る道は二つある。歩行者用の階段と、車が走れるように舗装された、曲がりくねった坂道だ。私たちはいつも息を切らしながら階段を登っていたので、坂道の方は歩いたことがない。今日も、階段を一段一段踏みしめて上がっていく。

途中で息が上がり、休憩ついでに私はノートに書き込んだ。

やっぱり疲れるね　翼くんはいま何段くらいまで上った？

そっちは？

振り向くと、階段を挟むように生い茂る木々の隙間から、少し遠くなった町が見下ろせた。さっきまで二人で歩いていた、私たちが生まれ、育った町。

半分くらいかな

僕も　それくらい

翼くんはいつも、体力のない私のペースに合わせてくれていた。あの頃のように同じペースで登っていると思うと、胸が温かくなる。一度は離れてしまったけれど、私たちは、こうしてまた、繋がっている。そう感じられる。

しばらくして、私の足は約束の丘まで辿り着いた。そこは半年前と変わっていなくて、板張りの足場の周りに、落下防止の木の柵が取り付けられており、二人掛けのベンチが一つ、ぽつんと置かれている。柵の所まで歩くと、私たちの住んでいる町が、眼下に一望できた。山に囲まれた、緑の多い、田舎町だ。

息を整え、ノートに書く。

お待たせ　着いたよ　翼くんはもう着いてるかな

ごめん　ちょっと待って

彼が私のペースを忘れて、ゆっくり登ったのだろうか。それとも、私が以前よりも早く登れるようになったのだろうか。翼くんが登りきるまで、それから五分ほど私は待った。

着いた　とノートに文字が増えたので、私は提案する。

いつもみたいにベンチに座ろう　私が左で　翼くんが右でね

いつの間にか座る位置も決まってたよね

そうだね

右側に一人分のスペースを開けて、私はベンチに座った。そして、彼が隣に座る姿をイメージする。休日の度にここまで登って、陽が暮れるまで話していた、あの頃と同じだ。
　十二月の空は中央に真っ赤な夕陽《ゆうひ》を据え、暮れかけのオレンジ色に冷たく透き通り、綿毛のような雲をいくつか運んでいる。優しい風が吹いて、周りの木々をそっと揺らした。暖かい格好をしているけれど、少し寒いな、と思う。手袋をしてくればよかった。手が冷たい。
　そうだ、と私は思いつき、ノートのページに右手を置いて、鉛筆でその手の周りをなぞって線を引いた。「なにこれ？」と彼の言葉がその横に浮かび上がる。

私はここに右手を置いてるから　左手を重ねて

　慣れない左手で鉛筆を持ち、そう書くと、「置いたよ」と文字が増えた。

いま　手をつないでる

　そう書いて、目を閉じる。隣にいる彼を想像すると、その手の温かさが、ノートに置いている右手の平に伝わってくるような気がした。あの頃のように、隣に座って優しく微笑んでくれる翼くんが、鮮明に思い浮かぶ。

もしかしたら、今、そっと目を開けたら、本当にそこにいるんじゃないだろうか。声を聞けて、指先で頬に触れて、生きているその体温を感じて、また、寄り添えるんじゃないだろうか。

そんな気がして、私は、目を開けてしまう。けれどそこにあるのは冷たい空気だけで、本当には誰もいないことを教えるように、私一人が座るベンチの上を、冬の風が吹き抜けていった。

温まっていた心が、凍えていく。現実が押し寄せてくる。泣きそうになる。

私は慌てて鉛筆を持ち、現実を振り払うように、ノートに文字を書いていく。

会えないのも　声を聞けないのも寂しいけれど　こうしていれば翼くんの存在を感じることができるよ
また　ずっと一緒にいてね

しかし彼の返事は、すぐには来なかった。一分待っても、二分待っても、ノートに言葉は現れない。もしかして、今までのやり取りも全部、壊れた私の頭が作り上げた空想だったんだろうか、なんて、たまらなく不安になる。

「……翼くん？」

思わず声に出して呼んでも、当然返事はない。叫びそうになるくらい不安になった頃、ようやく彼の文字が、一文字ずつゆっくりと現れた。

そうだね

心の底から、私はほっとした。またいなくなってしまったかと思った。もう一度この繋がりを失うようなことがあったら、私はもう、生きていけない。

☽　12/01 Sat. Night

一か月近く読書ノートで言葉を交わしていた「アサヒ」が、ここことは異なる可能性の世界の翼くんだったと分かったのが、昨日の夕方。

一緒に町を歩いた今日の日中を含めて、家に帰ってからも、私はノートをひと時も手放すことなく彼と言葉を交わし続けた。もちろん、お風呂に入っている時や、母親と食事をしている時なんかはノートを見ているわけにもいかないので部屋に置いておくけれど、その時間も、何か言葉が増えていないか、気になって気になって仕方なかった。

十か月前のあの時。お母さんの引っ越しの話が出ることなく、私たちが事故で引き離されることもなく、恋人のまま時間を過ごして、高校生になってお互いにスマホを持ったら。きっと同じような気持ちで、私は彼からの返信を待ってそわそわしながら、ずっと画面を眺めていたかもしれない……なんて、夜に布団の中でノートを眺めながら思う。

そんな幸福な別世界を夢見ていると、胸の辺りがふわふわと温かくなるような気持ちになってくる。薄暗い現実が力を弱め、明るい想像が膨らんでいく。

二人で高校に進学していたら、どんな生活だろうか。これまでみたいに一緒に通学して、一緒に授業を受けて、休み時間の度にお喋りして。お昼休みは屋上でお弁当を食べて、放課後になったら一緒に部活をして……。

どんな部活に入っただろうか。二人とも運動を好んでやるタイプじゃないから、きっと文化系だろうな。翼くんは絵が上手だけど、どうしてか絵を描くことを周りに隠しているようだったから、美術部には入らないかもしれない。合唱や演劇や軽音なんかも、私たちのタイプではない。二人とも読書が好きだから、文芸部に入る可能性が高い。

ああ、でも、部活で一緒の時間を過ごすのもいいけれど、私たちには大事な約束があるんだ。授業が終わったらすぐに下校して、その約束の未来に辿り着くための作業を進めていたかもしれない。もしくは、それまでみたいにその約束を口実にして、ただ二人の時間を過ごすことも多いかもしれない。

心の中に広がっていく世界はどこまでも楽しくて、私を幸福な気持ちにさせる。「パラレルワールドというものなのかもしれない」と、昨日翼くんはこのノートに書いた。それなら、もしかしたら、今想像しているような幸せな世界も、どこかにあるのかもしれない。そうだといいな、と私は思う。

お待たせ　今戻ったよ

お風呂に行くと言っていた翼くんの言葉がノートに増えたのを見て、私はふと思いついたことを書き込む。

今日は今までの想い出の場所を歩いたじゃない?

そうだね　とすぐに返事の文字は現れた。

明日は　一緒に高校に行かない?

え　なんで?

一緒に高校に通ってる私たちを想像してたら楽しくて　行きたくなったんだ

でも明日は日曜だよ　平日になれば普通に行けるじゃないか

そう書かれて、私は手が止まる。私が保健室登校をしていることは、彼にも、「アサヒ」にも、教えていなかった。そのことを伝えたら、どう思われるだろうか。その躊躇いが私の指を動かした。

でも平日だと　授業とかあってゆっくりおはなしできないから　明日がいいな

どうするか考えているのか、今度は翼くんの言葉が止まった。少しして、しぶしぶといった気配で文字が増えていく。

分かったよ　行こうか

ありがとう！　じゃあ明日の朝　いつものコンビニの前で

こんなに楽しい気持ちで明日を待つのは、どれくらいぶりだろうか。満ち足りた心の温かさを感じながら、私は瞼を閉じた。

☽ 12/02 Sun.

翌朝、私たちはまたコンビニの前で待ち合わせ、高校に向かった。もし先生に見つかってしまっても言い訳が付きやすいようにという理由で制服を着て。それに、翼くんと一緒に通学する気分を味わいたいという気持ちもあった。想像の中の翼くんは、制服のネイビーブルーのブレザーがとても似合っていた。

「晴れてよかったね」と彼がノートに書く。空を見上げると、冬晴れの透き通った青が、視界いっぱいに眩しく広がった。

他愛ない話をしながら通学路を歩く。きっと、二人で生きる幸福な別世界では、こんな気分なのだろうと、温かい気持ちで想像しながら。

高校は、私の家から徒歩二十分くらいの位置にある。途中で知り合いに会ってしまわないか不安はあったけれど、幸い誰ともすれ違うことはなかった。

校門は開いていた。これまで日曜に学校に来たことがないので、これが当たり前のことなのか、特別なことなのか、私には分からなかった。

ノートに翼くんの文字が増える。

そっちも門は開いてる?

開いてるよ

そうか　パラレルワールドとはいえ　僕たちの生死に関わらない所では　大きな違いはないのかもしれないね

そういうものなのか、と考えながら、私は校内に足を踏み入れた。先生が仕事で来ているのか、あるいは部活動や自習用に開放しているのか、正面玄関も施錠されておらず、下駄《げた》箱で内履きに履き替える。

休日の学校は、喧噪や人の気配というものを一切感じられず、それだけで普段とは別の場所のように思える。肌に触れる空気もどこか、冷たく感じる。

教室に行こう、とノートに書き、その場所に向かい廊下を歩く。心の中に、なるべく明るい光景を描きながら。今日だけは、私は、普通の女子高校生なのだ。好きな男の子と一緒に登校して、クラスメイトたちと挨拶を交わしながら教室に向かい、授業を受けるんだ。そんな、幸せな世界の住人なのだ。今日だけは。

私の席は、入り口の扉から一番遠い窓際の、教室の一番後ろにあると、担任の先生から聞いたことがある。そこに座って、翼くんにも彼の席に座ってもらって、同じクラスで過ごす気分に浸ろう。そう思いながら、私は教室の引き戸に手をかけ、扉を開けていく。やはりここも、鍵はかけられていなかった。

自分一人が通れるくらい扉を開け、教室の中に入った私は、そこで足を止めてしまった。

教室の中には、誰もいない。ただ綺麗に、静かに、机と椅子が並んでいる。その最奥に、私の席もある。

その私の机の上に、まるで死者に供える献花のように、花が三本載せられていた。校舎の花壇で育てられているノースポールという花だ。置かれて時間が経っているのだろう、白いはずの花弁は茶色く萎《しお》れ、生気を失っている。

数日前、廊下ですれ違ったクラスメイトは、「楽でいいよね」と言って笑っていた。私が過ごす日々の、私の命の、一体どこが楽なのか、教えてほしい。机に花を置いて笑う人たちの姿が思い浮かんでくる。心の中の明るく幸福な想像に、黒く冷たい塊が乱暴に投げ込まれていく。

左手に持っていたノートに文字が増えているのが、視界の端で見えた。

教室に入ったよ
僕の席は一番後ろの　窓際から二番目なんだ　端の席だったらもっと空を眺められるんだけどな　端は女子の列だから仕方ないけど
燈？　どうかした？

私の反応がなかったからか、翼くんはこちらの状況を気にしている。
私は胸の内側に拡《ひろ》がっていく影を振り払って、机に駆け寄り花を掴むと、教室のゴミ箱に入れた。笑顔を作り、ノートに返事を書いていく。

そうなんだ！　私はその隣だよ！　一番後ろの窓際の席
すごいね　高校でも隣に座れるなんて　ステキな偶然だ
今私も座るから　翼くんも席に座って

現実なんて、全部私の周りから消えていけ。私にはこのノートと、彼の言葉と、優しい幻想があればいい。

座ったよ　小学も中学も　不思議と隣の席になることが多かったよね

そうそう　不思議な縁で繋がってるね

机の上にノートを置き、隣の席を見た。私の目には無人の教室が映るけれど、瞼を閉じれば、そこに翼くんが座っているのを見ることが出来た。全ての席に優しいクラスメイトが座り、黒板の前では教えるのが上手な先生が、生徒たちの笑いを誘いながら楽しく授業をしている。

いい調子だ。胸の内側が温かさを取り戻していく。私はノートに鉛筆を走らせた。授業中に先生から隠れて、隣の席の恋人とこっそり筆談をするような、そんな密やかに弾んだ気持ちで。

昨日の夜考えてたんだけど　二人で通ってたら　部活は何に入ったかな?

うーん　文芸部かな

やっぱり　笑　私もそうじゃないかと思ってた

でも部活もいいけど　それよりも　また二人で約束の丘に行ってたかもしれないね

昨日の私と同じことを考えてくれている。そのことが嬉しくて、私は自然に微笑みを浮かべていた。

うん　それも思ってた

私は椅子を右側にずらし、横の席とぴったりくっつける。

目を閉じて、隣に座る翼くんの姿を思い浮かべ、他のクラスメイトや先生の姿を静かに消していく。

想像の教室に、優しい夕陽の光を満たす。そして、見えない彼の肩に、そっと頬を寄せた。

幻想の中でなら、なんでもできる。今日だけは、私は幸福な世界の住人。
誰もいない教室で、私たちはその後もしばらく、訪れるはずだった優しい未来を夢見て、いくつもの言葉を交わし合った。

☽　12/07 Fri.

前に書いていた「生きる理由」は、見つかった？
翼くんと日曜日の高校に忍び込んだ日から、五日が経っていた。
その間、私は学校に行かず、ずっとノートだけを眺めて過ごしている。
こうして翼くんとつながっていられるなら　私は生きていけるよ

母親が仕事で出ている時は家にいた。心配をかけるのが嫌だから、帰ってくる頃を見計らって、市の図書館や、公園や、約束の丘に行って、翼くんとの言葉のやり取りに没頭した。

苦しいだけの学校なんて行きたくない。行く必要がない。そこに翼くんはいないのだから。彼はこのノートの向こう側にいる。私には、彼のくれる言葉があればいい。他には何もなくていい。

彼もいつもノートを持ち運んでいるのか、食事や入浴や睡眠などの時間を除いて、返事はいつも数分以内には返ってきた。

翼くんは、学校ではどんな風に過ごしているのだろう。カエデとは、どんな関係になっているのだろう。それを訊くのは何だか怖い気がして、踏み込めないでいた。

でも　このノートは　いつか

彼の筆跡はそこで一度止まり、少しして上から線が引かれた。

~~でも　このノートは　いつか~~

君が　ずっと幸せであるといいな

私も、考えていないわけではない。このノートはいつか使い切られ、ページはなくなってしまうだろう。

二人で実験してみたけれど、既に文字や絵を書いた場所では、消しゴムで消しても、それが相手側に反映されることはなかった。まるで、過去は変えることなどできないと、私たちに教えているみたいに。前のページの空白部分ならやり取りに使用できたけど、それだって無限ではない。

そもそもこのノートで筆談が出来ているということも、どんな原理なのか、分からない。分からないことを考えても仕方ない。けれど、この繋がりが有限であるという、二人で見つけてしまった事実は、不安と寂しさの底の見えない暗闇に、私の心を深く沈めていく。

ずっと話していたい。沢山の言葉が欲しい。けれどその願いが、この関係の終わりを早めてしまうのだ。それはなんて、なんて残酷なことだろう。

そちらのカエデは　元気かい?

少しして現れた文字に、胸が痛んだ。翼くん、あなたを殺した私を、彼女は嫌って、憎んでいるよ。

少し悩んでから、私は嘘を書く。

うん　さわがしいくらい　元気だよ　そっちは?

少し間が空いた後、現れた文字に、私はほっとする。

こっちも　相変わらずだよ

素直に、よかった、と思えた。私の世界では、翼くんは亡くなり、私はカエデから嫌われ、仲の良かった三人はバラバラになってしまった。でも、彼の世界では、二人だけでも仲良しのままでいられているのなら、嬉しい。

そしてすぐ、安堵《あんど》は小さな嫉妬に変わった。そっちの世界には私はいなくて、翼くんに触れられるのは、カエデなんだ。もしかしたら、もう恋人同士になっていたり、するのだろうか。そう思うと、胸がチクチクと痛んだ。

燈のお母さんも元気にしてる？

あいかわらず仕事ばっかりで　家に

夕方の自分の部屋で、彼の言葉に返事を書いていると、玄関のチャイムが鳴って心臓がドキンと跳ねた。この音にはいつまでも慣れない。心地いい静寂を突き破って応対を急《せ》かすような、車のクラクションに似た圧力がある。

私の存在を見つけられてしまわないように息を潜めていると、二度、三度と連続して鳴らされた。簡単には諦めてくれないらしい。何の用事だろうか。

足音を立てないように玄関までそっと歩いて、ドアスコープから外を覗《のぞ》く。

そこにいた人物を見て、体の表面の温度がさっと下がったような気がした。

高校の制服を着たカエデが不機嫌そうな顔をして、左手にビニール袋を提げて立っている。右手を上げて、またチャイムのスイッチを押した。間近で響き渡る呼び出し音に、心臓が苦しく縮こまる。

「……燈《とう》ぃ、いないのー？」と、ドアをノックし私を呼ぶ彼女の声も聞こえた。

カエデは私を憎んでいるのに、どうしてうちに来るんだろう。また私を傷付けに来たのだろうか。

音を立てないように扉から離れ、自室に戻ってコートを着て、ノートと鉛筆を持つと、台所の勝手口からそっと外に出た。

もう、放っておいてほしい。現実を忘れさせて、幻想の中でだけ呼吸をさせていてよ。

――

何かあった？　大丈夫？

早足で歩いて、息が切れた。カエデに会ってしまわないよう、家から離れた位置にある公園のベンチでノートを開くと、私の文字が途中で止まっていたことを心配する彼の言葉が増えていた。急いで返事を書く。

なんか　カエデがうちまで来たから　逃げてきちゃった

書いてから、しまった、と私は思った。

ケンカでもしてるの？

と、案の定余計な心配をさせてしまう。ノートの中の、二人だけの心地いいやりとりに、現実の憂いを持ち込みたくなかった。

嘘をつこうか。私の好きなシュークリームを勝手に食べられて、ちょっとケンカしてる、とか。宿題写させてってしつこいから、逃げてる、とか。文字だけのやり取りなら、いくらでも作り話を伝えられる。そうすればこの話は、なんてことのない雑談の一つとして、流れていくだろう。

……でも。

翼くんに対して嘘を重ねたくない気持ちと、ずっと心に刺さって抜けない、大きな棘《とげ》を知ってほしい気持ちが、躊躇う私の指を動かした。

翼くん
私の世界のカエデは　私のせいで翼くんが死んだって　私を憎んでるよ
でも当然だと思う　カエデも　翼くんのことを好

そこまで書いて、慌てて文字を塗り潰す。

でも当然だと思う　[redacted]　[redacted]
私はそれくらいひどいことを　彼女にしてしまったから
カエデはもう　私と　友だちじゃ　ない

文字にすると心が悲しさでいっぱいになって、涙が溢れた。雫は頬を伝って、ぽつぽつとノートに落ちる。

（あたしは燈のことも好きだから）

かつての春のそよ風の中で、彼女は笑ってそう言ってくれた。

嬉しかったんだ。私も、大好きだった。ずっと、おじいちゃんおばあちゃんになっても、ずっとずっとみんなで一緒にいられたら、どれだけ幸せだろうと思っていた。

でも、カエデはもう、私と友だちじゃない。私のせいで彼女を、取り返しのつかないほど、深く深く、傷付けてしまったから。

私が落とした涙の跡の下に、泣いてるの？　と、彼の文字が増えた。

君たちがもう友だちじゃないなんて　僕には思えない
僕も少しやきもちを焼くくらい　君たちは仲良しだったじゃないか
僕たち三人はいつも一緒にいた　でも　燈とカエデ　君たち二人は　僕を入れた三人の時とは違う　強い信頼と愛情で　つながっていたように思う
それは　そっちの世界で僕が死んだくらいでは　変わらないはずだ

違う。あなたの死が、私たちにとってどれほどの衝撃で、どれほど世界を暗くするものだったのか、あなたは理解していないんだ。

僕の世界で　君が亡くなった時
カエデは　大声をあげて一日中泣いていたよ
そして　燈が死んだのは僕のせいだと　僕は頬をはたかれた

それ以来話せていないし　正直今でも　どこか寂しそうだ
(さっきは相変わらずだと　とっさにウソを書いてしまった　ごめん)
彼女は　そういう人じゃないか　君が一番知っているはずだ
感情豊かで　不器用で　でもとても優しい　いい子なんだ
僕はもう　そこに加われないけれど
君たちには　ずっと友だちでいてほしいと思うよ

そう思ってくれるのは、嬉しい。私だって、あの頃のようにカエデと自然に接して、笑い合って、友だちとしてそばにいたいと思う。

でも、きっと、現実はそんなに優しくはない。彼女が「苦しいくらいに好き」と言っていた翼くんを、私は黙って一人占めして、そして、私の行動のせいで、死なせてしまったんだ。

お前のせいだと言って、カエデは私の頬を叩いた。学校の廊下ですれ違うたびに睨まれる。カエデの表情や言葉の棘に感じる冷たさは、私を心から恨んで嫌っているものだ。

でも彼のその願いを否定するのも悪くて、私は

うん　ありがとう

とだけ、書いた。

――

日が沈んできたので、私は家に戻ることにした。さすがにもう、カエデも諦めて帰っただろう。

ポケットから鍵を出して家のドアに向かうと、ドアノブに何かがぶら下がっているのが見えた。近付くと、コンビニのレジ袋のようだ。逃げ出す前、ドアスコープから覗いた時に、カエデが持っていたのを思い出した。

置き去りの寂しさを歌っているみたいに、風に吹かれてカサカサと鳴るその袋を手に取る。少しだけ、重さがある。

袋の口を開けて、中を見ると――

彼女は　そういう人じゃないか　君が一番知っているはずだ

かつて二人で並んで食べた、私の好きなシュークリームが二つ、入っていた。

感情豊かで　不器用で　でもとても優しい　いい子なんだ

彼女がこれを持って、私の家に来た理由を考えた。中に入っている物が二つである理由を考えた。感情豊かで、不器用で、でもとても優しい、そんな彼女のことを思った。そして、きちんと向き合わずに逃げ出してしまった私の行動を恥じた。

私は袋を握ったまま、友だちの姿を探して、駆け出した。

☽　12/07 Fri. Evening

幼い頃、三人でよく遊んだ公園。

中学生の時、二人で「難しいね」と笑い合ったブランコ。

彼が死んだ後、一人になった私は決して立ち寄らなくなった場所。

そこに彼女の姿を見つけたのは、もうすっかり夜になって、真っ黒の夜空に上弦の月が浮かぶ時間だった。

小さくブランコを揺らす彼女のもとに、私はゆっくり歩いていく。公園の街路灯が落とす光が、不機嫌そうにうつむく彼女の表情を照らしている。心に刺さっている棘が痛みを呼び起こして、足が止まりそうになる。けれど、私は歩いた。

「なんだよ」と、手を伸ばせば届く距離で、カエデはぽつりと言った。

「あの」

なんて言えばいいのだろう。何を話せば、私たちは昔みたいに近付けるのだろう。長い間、心を閉ざしていたせいか、話し方を忘れてしまったみたいだ。

「……ごめん、なさい」

「別に謝って欲しいわけじゃないよ」

「でも、私の、せいで」

カエデは大きく息を吐き出して、ブランコから立ち上がった。私は思わず一歩、後ずさる。

「あんたさぁ、いつまで保健室登校とか、不登校とか、続ける気なの」

息を吸っても、答えを声にできない。相応《ふさわ》しい答えが分からない。

「そういう悲劇のヒロイン気取りに腹が立つんだよね。どれだけ引き摺れば気が済むんだよ」

心に棘が突き立っていく。血が流れていく。逃げ出したくなる。やっぱりカエデは私を、嫌っている。

「ごめんなさい」

「謝るなよ！」

「でも、」

翼くんは、ここではない別の可能性の世界で、私と入れ替わりの形で生きていた。でも、私のいるこの世界では、私のせいで翼くんが死んでしまったという事実は、どうやったって変わらない。

悲劇のヒロインを気取ってるわけじゃない。死にたいくらい悲しいから、動けないんだ。こんなことになった自分が許せないから、ずっとこうして傷付けているんだ。

「それだけ、翼くんが大切で、大好きだったからだよ。そんなに簡単に、カエデみたいに立ち直れないよ。カエデはもう、悲しくないの？」

彼女の右手が動いたのが見え、その直後にはもう、私の左頬に激しい衝撃と痛みが走っていた。叩かれた箇所が、すぐにじんじんと熱くなる。

「悲しくないわけないだろ！　あたしだって翼が大切だったよ！　死ぬほど大好きだったよ！　だからって！」

叫ぶようなカエデの声に、震えが混じった。見ると、街路灯のオレンジの光が、彼女の赤く濡れた目と、そこから流れるいくつもの涙を照らしていた。

「だからって、いつまでも塞ぎ込んでたって、しょうがないじゃないか！」

痛む頬を押さえながら、私ははっと息を呑んだ。

「あんたが一人で後悔に潰れて、罪悪感にずっと縛られて、それで何か変わるのかよ。翼が帰ってくるのかよ。そうやって自分を傷付け続けてたら、あいつが喜ぶのかよ」

心の内側にずっと溜《た》め込《こ》んでいた気持ちが抑えきれず溢《あふ》れ出《だ》すように、彼女は苦しげな表情で言葉を続ける。

「あんた、クラスでも、一部のヤツらからバカにされてるの知ってる？　席はあるのに、座る人がずっといないからさ、あいつらふざけて机に花とか置いてるんだよ。落書きしてる時もあったよ。それで笑ってるんだよ。誰もいない時にそういう花を捨てたり、落書き消したりしてるあたしの悔しさを、考えたことある？」

翼くんと日曜の高校に行った時、私の机に置かれていた、茶色く萎れた花を思い出した。彼女はこれまでずっとそれを、一人で密かに対処してくれていたのか。

「燈見てるとこっちまでつらくなるんだ。胸が痛くなるんだよ。泣きたくなるんだよ。だからムカついちゃうんだ」

袖で涙を拭い、カエデは息を吸った。

「幸せでいてほしい人がずっと悲しんで、苦しんでる。そんな姿を見るのが、こんなにつらいなんて、知らなかったよ」

心に刺さっていた棘が意味を変えて、温かさに溶けていく。

彼女はずっと、私のことを思ってくれていたのか。

塞ぎ込み続ける私の背中を、不器用に叩いてくれていたのか。

もう戻れないと嘆いていた、取り戻すことは出来ないと諦めていた過去の輝きが、温《ぬく》もりが、胸の内側を打ったのを感じた。それは熱を伴って強い力で体中に広がり、私の中で確かな、一つの感情を形作っていく。

やっぱり私は、この不器用で優しい友だちのことが、好きだ。

このまま、ちゃんと向き合うことから逃げたまま、疎遠になってしまうのは、いやだ。

私は目を閉じて、ゆっくりと一つ深呼吸をすると、大切な人の名前を呼んだ。

「カエデ」

「……なに」

「私は、やっぱり、こんな性格だし、すぐには、変われないと、思う。でも」

瞼を開けると、彼女と目が合った。今なら、逃げずに、言える。

「今すぐは、無理でも、いつか――」

いつか。それは私が、過去ばかり見ている私が、彼がいなくなってから十か月ぶりに口にする、未来を向いた言葉だ。

「私、ちゃんと、カエデと、友だちに戻りたい」

カエデはじっと黙った後、小さく、静かに、けれど確かに、私の言葉にうなずいてくれた。

そのあと私たちは、ひとつの言葉も交わさずに、カエデがくれたシュークリームを、ブランコに座って食べた。あの、優しい春の日の記憶のように。

静かな静かな、夜。けれど私の心にはもう、彼女に投げられた棘はなかった。初めからなかったのだ。私が勝手に作り出して、ひとつひとつ自分の心に突き刺していただけだった。

難しい。難しいね。
だけど、どこか、嬉しいよ。

☽　12/08 Sat. — 12/09 Sun.

翼くん　聞いて（文字なのに聞いてって変だね）
カエデと話して　仲直りできそうだよ
カエデはやっぱり　とっても不器用だね　笑
でもますます　そんな彼女を好きになれた気がする
翼くんの言葉のおかげだよ　ありがとう

僕は僕の願いを書いただけだ
歩み寄れたのは　一歩踏み出した君の勇気と　彼女の優しさの結果だろう
よかったね

心に刺さっていた棘が抜けたような、そんな穏やかな気持ちで、私は再びノートでの翼くんとのやり取りに執心していた。文字や絵で埋められたページは、全体の三分の二くらいだろうか。私たちは、残された空白を大事にしながら、慎重に、けれど頻繁に、言葉を交わし合った。

いつかこの夢のような時間が終わってしまう未来なんて、そんなもの、永遠に来なければいいのに。ずっと、翼くんの言葉がもたらす優しい熱の中にだけ、体も心も、魂も、沈ませていたい。

このノートを通り抜けて　私がそっちの世界に行けたらいいのにな
そうすれば　ページの残りなんて気にせずに
手をつないでずっとおしゃべりして　そのまま朝まで過ごすのに

日曜日、相変わらず私は自分の部屋で、一日中ノートにだけ向かって過ごし、今はもう夕方になっていた。

母親の帰宅は夜中になるはず。それまでは独りで、この幻想に浸っていられる。そんなことを考えながら翼くんの返事を待っていると、玄関の扉がカラカラと開いた音がした。「ただいま」とお母さんの声もする。

足音が近付き、私の部屋の扉がノックされた。

「燈、ちょっと大事なお話があるんだけど、いいかな」

「お仕事、早かったね」

「うん、早退させてもらったんだ」

正直少し面倒だな、と思いながら、私は立ち上がる。学校に行っていないことを咎められるのだろうか。それとも、その上でも優しさと気遣いを向けられるのだろうか。どちらにしろ、憂鬱になる。

扉を開け、久しぶりに見た母親の顔は、なんだか少し老けて、とても疲れているように見えた。それでも私を見て微笑むから、心の端が、ずきんと痛む。だから、会いたくなかった。

「話って、なに？」

「燈の好きなココア入れるから、一緒に飲みながら話そ」

――

薄暗い居間では、石油ストーブが赤い炎の灯りを揺らしながら、長いため息のような音を吐き出している。私の持つカップからはココアの甘い香りが、白い湯気になって立ち昇る。そっと口をつけて一口飲むと、甘さと熱さが喉を通って、体の中にじんわりと広がっていくのを感じる。そういえば、好きだったな、これ、と思い出す。

母親はテーブルを挟んで私の正面に座り、暖を取るようにマグカップを両手で包んでいた。

「なんだか、懐かしいね、燈とこうして向き合ってちゃんとお話しするのも」

「うん」

「ごめんね、ずっと一人にさせちゃって。寂しくない？」

「うん」

「学校、しばらく行ってないみたいだね」

「……うん」

「……まあ、あんなことがあったもんね、つらいよね」

うなずかずに、私はココアを啜《すす》る。叱咤《しった》も、同情も、現実を思い起こさせるから、私にはつらい。これが大事な話なのだろうか。早く部屋に戻って、ノートの返事を読みたい。

「……それでね、今年の初めに、お母さんの転勤と、引っ越しの話をしたじゃない？」

私はずっと落としていた視線を上げ、母親の顔を見た。引っ越しの話は、翼くんの事故による私の消沈を配慮してか、うやむやになったままだった。

「あの話が、また出てきてね。急なんだけど、年明けには引っ越ししないといけないんだ」

何も言えずにいると、母は言葉を続けた。

「この町にいても、つらい記憶を思い出しちゃうんじゃない？　環境が変われば、燈もきっと学校に行けるようになるから。それに、次の職場は日中シフトでやらせてくれるって言ってるから、今みたいな変則的な時間じゃなくなって、お母さんももっと燈といられるようになると思う」

私を縛るのは、そういうことではないんだ。でもうまく、言葉にできる気がしない。私を元気付けるためか、楽しげな様子で母は言う。

「あとね、次の所、今年社宅が新しくなって綺麗なんだって。日当たりもいいみたいだし。延期して正解だったかもねぇ。ここよりもずっと都会な場所だから、お買い物に不自由することもないと思うし。……どう？　お母さんと一緒に、新しい生活、楽しみじゃない？」

楽しみだと言えばウソになる。でも私は母がくれる気遣いに応えようと、この居間の寂しい空気の中に散っている優しさの粒子を集めて微笑みを作り、

「うん、いいと思う」

とだけ、答えた。

部屋に戻り、ノートを開いても、まだ翼くんの返事は増えていなかった。倒れこむように布団にうつ伏せになる。

お母さんが言ったように、この町には、つらい記憶はある。けれど同じくらい、離れがたい、愛《いと》しい思い出も沢山ある。いつかちゃんと友だちに戻ろうと約束したカエデもいる。でも、私がわがままを言った所で、母の転勤は変えられないのだろうし、私一人がここに残って生活していくには、私は幼すぎて、弱すぎる。それに、移動した方が、お母さんも楽になって、幸せになるのだろう。

ノートと鉛筆を近くに引き寄せて、翼くんに伝える言葉を考える。

「延期になっていた引っ越しが、来月に決まったよ」

「離れても、このノートがあれば繋がっていられるよね」

ダメだ。

十か月前の晩冬の日、ひと月悩んで電話で伝えた時に言われた、さよならの提案。そして、その後の惨劇。白い白い景色と、彼の赤い血。その光景が蘇《よみがえ》って、手が震える。布団をかぶってぎゅっと目を閉じる。

せっかく翼くんが背中を押してくれて、カエデとも仲直りできそうなのに、結局離れてしまうことを伝えるのも、苦しい。

このまま、黙っていてもいいかもしれない。ノートの文字だけなら、どれだけ距離が開いても、気付かれることはない。

それとも、と、私は不安になる。このノートのやり取りも距離の制限があって、遠く離れたら繋がりが切れてしまう、なんてことがあったりするだろうか。試したことはない。

分からない。どうすればいいのだろう。命というものは、どうしてこんなに、うまくいかないのだろう。

——

それはできない　君は　君の世界で生きるんだ

時計の針が重なって、日付が変わった頃にようやく返ってきた彼の言葉が、私の心にまた影を落とす。会いに行けないなんて、そんなこと、知ってるのに。

様々な思いが胸に渦巻いて眠れそうにない私は、夜も更けた頃にコートを羽織り、そっと家を抜け出した。時計の短針はもう、四の数字を指していた。

☽　12/10 Mon. Midnight

夜更けの町を独り歩きながら、私の心はまた過去を向いていた。失ったもの、もう決して手に入れられないもの。それらはどうしてこんなにも、甘い痛みとなって心を縛るのだろう。

　私は幼い頃、絵本を読むのが好きだった。時には怖いものもあるけれど、基本的には優しくて温かい世界に、ページを捲っていれば入り込むことができた。物語だけじゃなくて、そこに描かれた絵にも、私は惹かれた。

　カエデと違って引っ込み思案でインドアな私は、彼女に引っ張られて遊んでいる時以外は、いつも自宅で一人、絵本を読んでいた。読むものがなくなると、目を閉じて空想で遊んだ。

　絵本に出てきた大きなお城や、綺麗なお姫様や、お喋りする猫。動くカカシに、年老いた優しいライオン、ずる賢いカラス。それらをごちゃまぜにして、自分の想像の中で新しい絵本を作るのが好きだった。そんなことをしているうちに、「自分でも絵本を作ってみたい」なんて夢の欠片《かけら》が、私の中にぼんやりと芽生えていた。

　残念なことに、私には絵心がなかった。キリンを描けばカエデには恐竜に見え、車を描けばカエデにはカバに見えるらしかった。でも、私だけは知っていたのだ。翼くんの絵の才能を。彼の描く絵の優しさ、温かさを。

　だから私は小学六年の時、彼に持ちかけた。「一緒に絵本を作ってみないか」と。彼は大いに賛同してくれた。私がお話を書き、彼が絵を描く。そんな素敵な約束が、私たちの共同の夢となった。それが私にとってどれだけ幸せで、希望に満ちた未来として映ったか、言うまでもない。

でも、その約束は、二人で見ていた夢は、もう叶うことはない。幸せな過去と、実現しなかった未来ばかりが眩しくて、今のこの現実を歩む私の足元が、余計に暗さを増していくような気がした。


雲がかかっているのか空は暗く、月も見えない。街灯の冷たい光で、私の息が白く煙り、星のない夜に昇っていくのが見える。

私たちのため息は、どこに行くのだろう。空まで昇って、集まって、雲になるのだろうか。そうして冬の寒気に冷やされて、凝結して、雨や雪となって町に降るのかもしれない。それは消えない涙のように。誰かの静かな懺悔《ざんげ》のように。

行く宛てもない私の足は、自然と「約束の丘」に向かっていた。見晴らし台に向かう階段は、陽が落ちた後に事故が起きないようにするためか、数段おきに小さな照明がついており、辛《かろ》うじて足元が見えるようになっている。

麓に立って見上げると、幽かな光の道が、ゆっくりと天まで続いているような錯覚を抱く。ここを登っていけば、やがてそっと世界からいなくなれるんじゃないか、そんな風に考えながら、私は階段を上っていく。

何段あるか数えたことはない。感覚的に半分くらいまで来ただろうか。息を切らしていると、この先の見晴らし台に対する噂を思い出した。通学中によくすれ違う小学生の男の子たちの、他愛もない話だ。

「松陵ヶ丘には幽霊が出る」。「松陵ヶ丘はあの世の入り口」。そう彼らは語っていた。

小学生の噂なんて信じていない。けれど、こんな夜には思い出してしまう。私たちの「約束の丘」は、あの世の入り口？　そうであったらいいな、と私は思う。望むべくもない私の命を、翼くんのいる所に、連れて行ってくれればいい。

やがて私の足は、約束の丘に辿り着いた。そして私は、見晴らし台の柵の辺り、いつもは何もないはずのその夜の闇の中に、何かのかたまりのような影を見つけた。

……幽霊？　まさか。

その影は一人用の椅子に座って、月も見えない真っ暗な空を眺めているように見える。見晴らし台に二人掛けのベンチはあっても、一人掛けの椅子はないはずだけれど。まさかわざわざ椅子を持って階段を上ってきたのだろうか。

私の存在に気付いたのか、影は座ったまま首を動かし、私の方を向いた。それでもこの暗さでは、顔を見ることはできない。

「……こんばんは」

その声音で、その人が男性だと分かった。私は恐る恐る挨拶を返す。

「こんばんは」

「……もう夜も深い時間のはずだけど、女の子が一人でこんな所に来るのは危ないよ」

相手も声でこちらが女性だと判断したのか、まっとうな心配を口にした。

「そうですよね」

「ここに何か、用があるの？」

「いえ、そういうわけじゃないんですが……特別な、場所なので」

「そうか。僕と同じだ。色々と考えごとをしていたら、眠れなくなって、ここまで来てしまった」

町の住人でも滅多に登らないこの場所を、特別な場所として認識しているその人に、少し親近感を抱いた。私は柵の近くまで歩き、少し間を空けて、その人の横に立つ。

月も見えない夜の町は、底のない巨大な穴のようで、ぞっとする。その中でもちらほらと光が見えるのは、街灯や、起きている人の家の明かりだろう。

「あの」と私は声を出す。

「うん？」

「ここにはベンチがありますけど、その椅子は、わざわざ持ってきたんですか？」

ここを特別だと言うなら、昔からあるベンチの存在は知っているはずだ。だから気になって、私は訊いてしまった。

男の人は、私の言葉の意味を理解しかねるように黙ったあと、「ああ」と納得して、少し笑った。

「これのことか。そうか、暗くて分からないのか」

今度は私がその意味を理解できずに沈黙する。男の人は座っているそれをぽんぽんと軽く叩きながら言った。

「これはただの椅子じゃなくて、車椅子だよ。電動車椅子」

「えっ」

「僕は足が動かないんだ。下半身不随で」

その人は穏やかな声で、そう告げた。

「そうなんですか……すみません」

「謝ることないよ」

言われてみれば、その椅子の後方には、二本の棒のようなものが付き出しているのが見えた。介助用のグリップだ。

その人の声の感じから、幼すぎず、大人でもない、私と同じくらいの年齢のように思えた。この町の学生だろうか。でも、私の閉じた狭い世界での話だけど、車椅子に乗っている人をこれまでこの町で見かけたことはなかった。

思えば年の近い男の人と話すというのも、とても久しぶりなことのような気がする。基本的に人と関わることを恐れている私だけど、今それほど緊張していないのは、夜がお互いの存在を覆い隠してくれているからだろうか。それとも、その声にどこか、懐かしさを感じるからだろうか。

「車椅子で、ここまで来れるんですか？」

と、不躾《ぶしつけ》かもしれないけれど、息を切らして階段を登ってきた私は気になって訊いた。

「さすがに階段はムリだけど、車道を通れば来れるよ。曲がりくねっているから、少し時間はかかるけどね」

「ああ、なるほど」

「前はよく、息を切らして階段を登ったものだけど……やっぱり不便だな」

「何か、あったんですか？」

そう言ってから、それを訊くのはあまりに失礼だったかと反省した。こういう気遣いが出来ないから、私は人を傷付けてしまって、孤立していくんだ。でも口から離れてしまった言葉は、もう取り消しができない。

「ごめんなさい……つらいことなのに、無遠慮に」

男の人は少し笑って、「いや、いいんだよ」と優しく言ってくれた。

「僕の足は、以前、大事な人を守ろうとした時に、車に轢《ひ》かれて動かなくなったんだ」

「……そう、なんですか」

「医者から下半身不随でもう歩けないと言われても、それほど絶望しなかったのは、既にそれ以上の絶望の底にいたからだった。僕は僕の、命よりも大切な人を、結局守れないまま、喪《うしな》ってしまったから」

この人は、私と似ている。そんなことを感じた。そう思うのも憚《はばか》られるくらい、この人の方がつらいのだろうけれど。

「ああ、僕の方こそごめん。見ず知らずの人に、こんな重い話をしてしまって」

「いえ、いいんですよ」と、私は同じ言葉を返す。

「ずっと、誰かに聞いてもらいたかったのかもしれない。長らく、他人を避けていたから……。夜は、少しだけ人を、解き放つね」

「ふふっ、そうかもしれませんね」

何も見えないような暗闇でも、目が慣れれば遠くの山の輪郭や、流れる雲の形が見えてくる。雲の薄くなっている所では、時折月の零す光が、うっすらと見えた。

呼吸の音さえ聞こえそうなほどの冷たい夜に、車椅子に座る男の人は息を吸って、ずっと押し込めていたものをそっと空に放つような静けさで、言葉を零した。

「僕はずっと、僕を、終わらせてしまいたいと思っているんだ」

「え……」

抱えきれない苦しさがあったのだろう。彼は、ここに私がいることを忘れているかのように、滔々と思いを溢れさせていく。

「僕の愚かな行動のせいで、大事な人を喪って、歩く自由も失って、死んで楽になりたいと、ずっと思ってる。奇跡のような仮初の幻想の中でどれだけ言葉を交わし合っても、その人の隣にいられない現実を、共に生きられない未来を、見せつけられるだけだ」

私は息を呑んだ。私以外の人が聞いても、何を言っているか分からないだろう。その言葉の意味が示す、あり得ないような憶測に、私は震えた。

それは、まるで——

「明けない夜はない、なんて言う人がいるけど、あれは嘘だ」

まさか、でも——

「例え何度、この町に陽が昇っても、僕の中の凍えるような夜は明けない。あの冬の日から、ずっと僕の心の時間は止まっている。停止した時の中で、後悔と懺悔に叫び続けている。この命を閉ざすことだけが、それを終わらせる、唯一の手段なんだ」

どうして、ここに——

私はゆっくり右手を上げ、彼の頬に触れようと、指を伸ばす。その指が届く前に雲が割れ、月の光が約束の丘に降り注ぐ。彼が私を見上げ、驚く。

「あ——か、り……？」

最期の日から髪も伸び、少し大人びたように見える。息も止まるほど会いたかった人が、私の名を呼んだ。その頬には、事故の時についたのだろうか、大きな傷が今も痛々しく残っていて、私の胸は潰れそうになる。

体中に溢れる愛しさと苦しさと、私の持ちうる限りの願いと優しさを込めた指先で、その傷や、心の痛みを和らげられたらと、頰を撫でようとした。けれど——

遠くの山の向こうから、夜を切り裂くように閃光《せんこう》が走り、割れた雲の間から朝陽《あさひ》が昇る。残酷なほど眩い光の中で、私の指はどこにも届かないまま、翼くんの姿はもう、なくなっていた。

三章　描く未来のレゾナンス — Resonance to drawing the future.

☽ 12/10 Mon. Dawning

約束の丘は朝焼けの朱に染まり、震えるほどの寂しさの空気の中で、私は一人、立ち尽くしていた。

ついさっきまでここにいて、私の隣で話していたのは、紛れもなく、翼くんだった。なぜもっと早く、気付けなかったのか。優しい声は、あの頃と変わっていなかったのに。

その姿を探すように、触れられなかった手を伸ばしても、冬の冷たい風が指を掠めるだけ。

彼は言った。「僕を、終わらせてしまいたい」と。

私は、彼を失った私の世界のことばかり考えていた。私を失った彼の世界のこと、そしてそこで、そんな風に自分を追い込んでしまうほど深く傷付いていた彼のことを、考えもしなかった。

思い返せば、「アサヒ」として言葉を交わしていた頃から、その痛みの片鱗《へんりん》はいくつも見えていたのだ。直接的な表現はなくとも、彼の言葉が纏う傷や孤独の気配に、私は心地よく共振していた。でも、彼の正体を知った時から、私はまた繋がれたことに浮かれて、彼の優しさに甘え、寄りかかってばかりだった。

それはできない　君は　君の世界で生きるんだ

最後にノートに書かれていた彼の文字を思い出す。そっと突き放すような、冷たい温度を感じる言葉だ。衝撃で忘れていた寒さが戻ってきて、私は自分の腕を抱く。体も、心も、途方もなく独りになっていくような、恐ろしいほどの不安と寂しさ。

彼は、死んでしまうのだろうか。命を閉ざすことで、私にも隠していたその明けない夜を、終わらせようとするのだろうか。

「行かないでよ、翼くん……」

震える私の声はどこにも届くことなく、ただ白い呼気となって、残酷な朝の輝きの中に消えていく。

私はノートを自室に置いてきてしまったことを後悔した。ここにいた彼がノートを持っていたかまでは見れなかった。でも、何か言葉が増えているかもしれない。いてもたってもいられなくなった私は、階段を駆け下りて、家に向かって走った。

――

玄関の扉を開けて、靴を脱ぎ棄《す》てて廊下を走る。息は乱れ、胸は破裂しそうなほどに速く脈打っている。コートを脱ぐ時間も惜しく、私は机に置いてあるノートを掴んでページを捲った。

それはできない　君は　君の世界で生きるんだ

「ああ……」

言葉は増えていない。どこにいるの。何をしているの。このノートで頻繁に言葉を交わして、世界中の誰よりも近くにいると思っていたのに。すぐ隣にいるようにさえ感じていたのに。お互いに望まなければ呼びかけることもできないなんて。本当の私たちは、なんて、遠く、絶望的なほど、離れているのだろう。
私は鉛筆を持ち、先端の黒い鉛を、白い紙の上に走らせる。

翼くん　さっきのはやっぱり　あなただったんだよね
驚いたけど　会えてよかったって思ったよ
ふしぎだよね　一体どういう現象なんだろうね
いま　どうしてますか?

変に刺激してしまわないように、なるべくいつも通りの言葉を選んだ。けれど十分待っても、三〇分待っても、一時間経っても、彼の言葉は現れない。

翼くん　翼くん　返事をして

これくらいの時間返事が来ないことは、当然今までもあった。彼だって、お風呂に入ったり、眠ったりすることくらい、私も知っている。でも今は、彼の心に抱える影を知ってしまった今は、その沈黙が不安で仕方ない。

「返事をしてよ、翼くん……」

ごめんなさい。私のせいで。私は頭を抱えて体を丸め、何度も謝った。涙が次々に溢れて止まらない。

あの雪の降る二月、待たせてしまってごめんなさい。

死なせてしまってごめんなさい。どれだけ痛かったでしょうか。つらかったでしょうか。

死んでしまってごめんなさい。歩けなくさせてしまってごめんなさい。

それなのに、寄りかかってしまって、ごめんなさい。あなたにばかり気遣わせて、ごめんなさい。

カエデと仲直りできることを喜んでくれたのに、引っ越ししないといけないんです。ごめんなさい。

せっかくまた、ノートで繋がれたのに。それさえもつらかったのでしょうか。沢山話しかけてしまって、ごめんなさい。

生きることは苦しいですか。やめてしまいたいですか。分かるよ。私もそうだったから。でもきっとあなたが抱えるものは、私なんかよりもずっと、重く、暗いものなのでしょう。

ごめんなさい。私のせいで。

ごめんなさい。あなたの人生を狂わせてしまって。

ごめんなさい。私なんかが、好きになってしまって。

ごめんなさい。ごめんなさい。ごめんなさい。

誰もいないこの家で、私はもう、声をあげて泣いていた。

彼に、会わなくては。泣きながら立ち上がり、ノートを持って部屋を出て、泣きながら靴を履き、私は駆け出した。

外はもう朝が本格的に始まっていて、通学する生徒もちらほら歩いている。ぐちゃぐちゃに泣きじゃくりながら走る私を見て、奇異の目を向けてくる。笑っている人もいる。でもそんなこと気にならない。私はどこかに行かなくちゃならない。翼くんに会って、私の気持ちを伝えなくちゃいけない。でも、この世界に彼はいない。でも、会わなくちゃ。でも、でも、どこに行けば——

がむしゃらに走り続ける私は、曲がり角で誰かとぶつかってしまった。「わっ」と驚く相手の声が聞こえ、すぐに私の体はその人に抱きとめられた。

「ごめんなさいっ」

「月待さん？　どうしたの、そんなに泣いちゃって」

その穏やかな声は、天野先生のものだった。

「先生……私、どうすればいいのか、分からなくて」

先生の表情が張り詰めたのが分かった。

「何があったの？　緊急なこと？　警察呼ぼうか？」

答えられない。話した所で、信じてもらえるはずがない。それにもし、こちらの世界で警察を呼ばれたとしても、どうにか出来るような問題ではない。

私が黙ってうつむいていると、先生は呼吸の間に何かを決意するような間を空けて、言った。

「ちょっと待ってね、学校に電話するから」

「え……」

やめてください、と声にする前に先生は、バッグからスマホを出して耳に当ててしまった。無断欠席を咎められ、学校に連行されてしまうだろうか。私は、翼くんに会わなければいけないのに。でもどこに行けばいいのか。私は、どうすればいいのか。

「あ、もしもし、天野です。すみません今日ちょっと熱が出ちゃって、お休みを……ええ、はい、大丈夫です。すみません、お願いします」

振り切って逃げることも考えていた私は、拍子抜けした。

「……先生、仮病ですか？」

「大人になったってね――」

先生はスマホを鞄にしまったあと、お茶目にウインクしてみせた。

「仕事よりも大事なことなんて、いっぱいあるのさ」

そうして両手で私の手を包むように取って、優しい声で言う。

「わたしの家においでよ。ゆっくりして、落ち着いて、何があったか、先生に話してごらん」

☽　12/10 Mon. Morning

天野先生の家は、そこから歩いて十分ほどの距離にあった。大きくはないけれど、南欧風の明るくてかわいらしいおうちだ。先生の温かで幸福な人生が、この建物に象徴されているように感じられた。

通された玄関で靴を脱ぎ、お邪魔させてもらうと、家の中も朝の陽が射しこみ、明るかった。古い木造家屋で年中暗い私の家とは、まるで正反対だ。

「とりあえず座ってよ。紅茶入れるから、飲んで落ち着こう」

ダイニングの椅子を勧められ、腰かける。

「すみません……」

「謝ることないのに」と、先生は笑った。

以前カエデからも、謝るなよと怒られた。私は卑屈すぎるのだろうか。でも先生には学校を休ませてしまったし、私のせいで迷惑をかけていることは、事実なのだから。

先生はキッチンでケトルに水を入れながら言った。

「月待さんは、自分の存在が周りに迷惑をかけていると思ってる所あるでしょ」

心を読まれたのかと思った。

「……はい」

「でもね、それは当たり前のことなんだ。人は誰かに、どうしようもなく迷惑をかけて生きていくしかないんだよ。そして自分も、誰かから迷惑を受け続ける。それを許し合って、私たちは生きているんだ」

慣れた手つきでケトルをガスコンロにかけ、火を点《つ》ける。

「だから、自分が誰かから厚意を受けた時は、迷惑をかけてすみません、じゃなくて、ありがとうって言ってくれた方が、相手も嬉しいし、自分も気持ちいいものだよ」

「あ、ありがとうございます」

「なんだかお礼を強要したみたいになっちゃったね」と先生は笑い、透明なポットに茶葉を入れた。

　やがてテーブルに出された紅茶はフルーツの爽やかな香りがして、ゆっくり口に含むと、舌に広がる熱さと共に、心にかかる雲が少し薄らぐような、晴れやかな味がした。

「……美味《おい》しい」

「でしょう？　セイロンに、ドライのラフランスが入ってるんだよ」

　私の正面に座る先生は、いつも保健室で見せるように優しく微笑んで、ティーカップに口をつけた。

「そういえば先生はいつも紅茶を飲んでますね」

「前はコーヒー党だったんだけどね。昔、母の日に息子が紅茶のセットをくれたことがあって。それから紅茶ばっかり飲むようになったな」

「お子さんがいるんですか」

私は少し驚いた。左手の薬指に指輪をしているのは知っていたけれど、誰かのお母さんというには、先生はとても若くて綺麗に見えたから。でもこれは、「お母さん」というものに対する私の偏見のせいなのだろう。

「いるんじゃなくて、『いた』んだ」

先生は微笑みを湛《たた》えたまま穏やかにそう言い、部屋の一角を指さした。

キョロキョロするのは悪いと思ってこれまであまり見ないようにしていたけれど、先生の指の先を振り向いて見ると、そこには綺麗なリビングに似つかわしくない、急ごしらえな印象を受ける小ぶりな仏壇があり、その前の写真立てには――

「あ……」

元気な笑顔を見せる男の子の写真が。

「四年前に、交通事故でね。まだ、たったの五歳だったんだけど」

私は唐突に思い出す。晩秋の光の中で、永訣祭の由来を教えてくれた先生を。

誰かとさよならをしたのかと訊く私に、「ひみつ」と微笑んで答えた先生を。

「……ごめんなさい」

「だから、謝らなくていいのに」と笑ってくれる。

「最初はね、事故を起こした車の運転手を、殺してやりたいくらいに憎んだよ。どれだけ泣いて、地面に額を擦《す》り付《つ》けて謝罪されても、許せる気がしなかった。守ってあげられなかったわたし自身も、どこまでも恨んだ。それまでうるさくさえ感じてた子供の騒ぐ声も、笑い声も、もう二度と聞けないんだと思うと、永遠の夜の闇の中にいるようで、死んじゃおうかな、と考えたこともあったよ」

この明るくてかわいい家を見た時に、先生の幸福を象徴しているだなんて感じた私を恥じた。人はみんな、一人の例外もなく、哀しみを抱えて生きているのだろうかと思う。どうして命というものは、こんなにもうまくいかないのだろう。

「ああごめん、話を聞くって言っておきながら、自分のこと語っちゃった」

「謝ること、ないのに」

「ふふ、言われちゃったね」

「……それで」

「うん？」

踏み込んでいいのだろうか。私が触れることで、先生の傷がまた痛んでしまわないだろうか。分からない。でも先生は「迷惑を許し合って生きる」と言っていた。それなら、私も少し、歩み寄ってみたい。

「それで、先生は、その後どうしたんですか？」

先生は迷惑そうな顔をすることも、悲痛な表情を浮かべることもなく、ただ穏やかな微笑みで、「さよならをしたんだよ」とだけ言った。

「……さよなら？」

うなずいて、先生は言葉を続ける。

「正直ね、生きる意味を見失っていたし、学校のお仕事も暫《しばら》くお休みさせてもらってたんだ。同僚とか、夫とか親とかに心配されても、部屋に引きこもって、息子の写真とか動画ばかり見て、ずっと過去に縛られてた」

先生は小さく首を振って、

「過去に、縛られていたいと、思っていたんだ。そこなら、繋がりが残っているから」

と言い直した。その言葉が、私に重く響く。

「でも、わたしが生きることを願ってくれる人がいたから、このままじゃだめだって、思えたんだよね」

生きることを、願ってくれる人。

読書ノートで、まだアサヒとツキヨとして言葉を交わしていた頃、彼が残していた願いをふと、思い出した。

ツキヨ、僕は、君には、生きていてほしい。

彼はこの時、どうして「君に」ではなく「君には」という表現をしたのか。その時は不思議にも思わなかったけれど、今ならなんとなく分かるような気がする。

翼くんの世界で、十か月前に死んでしまった私。そして、苦しさの中で、死んで楽になりたいと願っている彼。

それでも。もしくは、だからこそ。

ノートの中で生きる理由を見失っている「ツキヨ」には、それが首を絞める言葉かもしれなくても、生きていることを願ってくれた。

それは、こちらの世界での、私から見た彼にとっても、同じ気持ちなのだ。

先生は紅茶を一口そっと飲んでから、続けた。

「それで――永訣祭はさよならのお祭りだって、前に言ったの覚えてるかな」

「はい」

「そのルーツを知って、灯篭飛ばしの時に意識してみたんだ。……死んでしまった息子に、さよなら。悲しみにさよなら。憎しみにさよなら。後悔にも、執着にも、未練にも、さよなら。もちろん、そんな簡単にはいかなかったよ。簡単に切ってしまえるような、弱い繋がりじゃないからね」

私はうなずく。大切であればあるほど、簡単にお別れなんて、できない。

「でも、時間は前にしか流れない。息子の命を奪ったこんな残酷な世界でも、わたしは生きていくしか、ないんだ。それなら、前に進もうとする足を掴んで、心を縛り付けて腐敗させていく負の感情は、手放さないといけない」

先生は両手を胸の前に出して、何かをそっと持ち上げるような仕草を見せた。

「オレンジの火が優しく揺れる灯篭を持って、ふわっ、て、空に上げるじゃない？」

胸元に持っていた透明なランタンを、先生は見えない空に向け、ふわりと解き放つ。

それを目で追うように見上げながら、言葉を続けた。

「その時に、灯篭に乗せるんだ。哀しさ、悔しさ、寂しさ、愛しさ。わたしを過去に縛り止める、あらゆる感情をね。……涙が溢れて止まらなかったよ。大事なものを置いて前に進むのは、心のかさぶたを引き剝がすような痛みを伴うんだね。でも、そんなわたしの色んな気持ちを乗せて、ゆっくりと空に昇っていく光を見ていると、少し心が、軽くなったような気がしたんだ」

先生は視線を私に戻し、少しだけ寂しげな影を纏って、柔らかく微笑んだ。

「たぶん、この祭事を始めたずっと昔の人も、同じような気持ちで、灯篭を飛ばしていたんだろうね。当時は、守れなかった命も、今よりずっと多かっただろうから。そうして沢山のさよならが、この町を作り上げてきたんだ」

大切なものを失って傷つく命。それでも生きていく命。そしてそれらが、繋いできた命。その途方もない連鎖の果てに、私は今、立っているんだ。

「さ、これでわたしの話は終わり。次は、あなたの番だよ、月待燈さん」

会話のボールが、優しくこちらに投げられた。私は手の中の、その見えないボールに視線を落とす。

私の大好きな人が、死による救済を願っている。それだけで、心が壊れそうになる。世界が悲しみに満ちていく。

どうすればいいのか分からなくて、泣きながら走った。誰かに相談したかった。助けてほしかった。けれどどこんな話――パラレルワールドの恋人とノートで繋がっている、なんて現実離れした話、誰かに伝えても頭のおかしいやつだと笑われるだけだという恐怖もある。

……でも。

心の内側の深い部分と、大事な過去を打ち明けてくれたこの人になら、話してもいい――いや、話したい、と、私は、思った。

☽ 12/10 Mon. Before Noon

大切な幼馴染たちのこと。十か月前の事故のこと。

不思議なノートのこと。そこでいくつも言葉を交わしたこと。引っ越しのこと。

そして今日、あの丘で初めて知った、彼が抱える重い影のこと。

私のたどたどしい言葉で語る、夢物語みたいなその話を、先生は笑い飛ばすこともなく、真剣に聞いていてくれていた。

「……信じられませんよね、こんな話」

「信じるよ」

すぐに返されたその言葉に、胸の底が熱くなるような心地がした。

「その事故のことは、わたしも知っていたよ。小さな町だしね。うちの高校に通う予定だった子だって聞いて、悲しかったのをよく覚えてる」

　ひとつ呼吸を挟んで、先生はまっすぐ私を見た。

「あなたの事情は、分かったよ。その上で、あなたは、どうしたいのかな？」

「どう、すれば、いいんでしょう」

　先生は首を振る。

「多分ね、いつだって、行動に取るべき正解なんてないんだ。それが正解だったかどうかは、行動の末の結果が出てからじゃないと、分からないんだもの。だから、どうすればいいか、じゃなくて、大事なのは、あなたがどうしたいかだよ」

　私がどうしたいか、私は考える。

　翼くんが死んで、カエデも離れてしまって、私の心には大きな大きな穴が開いた。埋まりようもない、底のない暗闇の穴だ。そんな穴を胸に抱えて生きるくらいなら、終わらせた方が楽だとも思った。

　でも、図書室のノートで「アサヒ」と言葉を交わすのは楽しかった。その相手が翼くんだと分かって、驚いたけど、とても嬉しかった。また繋がれたことに浮かれて、彼を喪った冷たい現実を忘れることができたから。

　出来るなら、ずっとこの幻のような時間に浸っていたい。でも——

　私が答えられないでいると、先生はこう言った。

「難しいかな。じゃあ、質問を変えてみよう。あなたは、翼くんに、どうなってほしい？」

翼くんに、どうなってほしいか。

そんなの、簡単だ。

私は息を吸い込んで、胸の中でずっと熱を持って燻《くすぶ》っていた思いを、自分に改めて言い聞かせるように、声にした。

「どんな形でも、大切な人には生きていてほしい。隣に私がいられなくても、幸せになってほしい。笑っていてほしい」

死んで楽になりたい、と言っていた彼にとって、これは残酷な願いなんだろうか。

でも、どうしようもない、懇願にも近い、止めどない想いとして、私の中から滾々《こんこん》と溢れ続けている。どうか、命を終わらせてしまわないで。お願いだから、生きていて。

どうか。どうか。どうか。

「うん、答えは見つかったみたいだね。じゃあ、そのために、あなたに出来ることは何なのか、考えてみるといいんじゃないかな」

伏せていた目を上げて先生を見ると、その人は優しく微笑んだ。

「はい」と、私はまっすぐ、答えることができた。

☽ XX/XX XXX.

「あ、これかわいいよ」

ピンク地にふわふわの動物のイラストが描かれたスケッチブックの表紙を指さすと、翼くんは困った顔をした。

「うーん……確かにかわいいと思うけど、一応僕も使うものだから、もうちょっと無難なやつがいいな」

小学六年の冬のある日、ホームセンターの文具売り場で、私は翼くんと二人、スケッチブックを見定めていた。

「二人で、絵本を作ってみませんか？　私がお話を書いて、翼くんが絵を描くの。……どうかな？」

臆病で後ろ向きな私がそんな提案をするのは、とても勇気の要ることだった。思い付いたその構想に胸が弾んでも、もし断られたり、嫌がられたらどうしよう、そんな不安が私の口を噤ませて、何日も言い出せずにいた。放課後、カエデが部活でいなくて、珍しく二人になれたチャンスが、当時の私の背を押した。

「それ、すごくいいね。楽しそうだし、最高に素敵だよ」

彼が喜んで賛同してくれたことがとても嬉しかったのを、今でもよく覚えている。

彼は、絵を描く趣味のことを、なぜか私以外の誰にも話していないようだったから、自然とこのことは二人の秘密の約束になっていった。誰にも内緒の、二人の絵本作り。

一つの目的を共有して、一緒に同じ未来を向くことは、信じられないくらいのドキドキと喜びで、毎日を輝かせた。

そして、思えばこの頃から少しずつ、カエデへの隠し事も、増えていったような気がする。

ともあれ、始めるためには道具が必要ということで、次のお休みの日に、お小遣いを出し合って、こうしてスケッチブックを買いに来たのだ。

「絵本を作るなら、あんまり大きいのを買ってもしょうがないから、これくらいがちょうどいいんじゃないかな」

そう言って翼くんが手に取ったものは、A４ノートより少し大きいくらいの、シンプルで落ち着いたベージュの表紙で、Ｆ４という見慣れないサイズ表示がそこに書かれていた。

「昨日少し調べてたんだけど、このFは、フランス語で人物画を意味する単語の頭文字なんだって」

「へぇえ、そうなんだ」

「AとかBの規格と違って、数字が大きいほどサイズは大きくなるんだってさ」

そう言われて商品棚を見渡してみると、確かにその通りだった。数字が大きくなるにつれ、サイズが少しずつ大きくなっている。

翼くんの手元に視線を戻すと、なんだかそこにあるスケッチブックが、棚にあるどれよりも特別なもののように感じられた。今日からそこに、私たちの物語を創っていくんだ。二人の秘密、共同の夢を、そこに描いていくんだ。

レジで会計してくれた店員のおばさんが、にこにこしながら私たち二人を眺めていたのが、少し恥ずかしかった。スケッチブックが入ったレジ袋を翼くんが持ち、私たちはお店を出る。歩きながら、翼くんは言った。

「これから僕たちは、共同で絵本を作っていくんだよね？」

「うん」

「それならさ、」

そう言って私の方を向く彼の表情には、普段見せないような、何も飾ることのない年相応の男の子らしい笑顔が浮かんでいた。彼は秘密を共有するような、小さな声で私に告げた。

「やるからには二人で、プロを目指してみない？」

「え、プロ……？」

「そう、絵本作家」

私はその言葉が意味するところをすぐには理解できず、

「えほん、さっか」

とオウム返しをするだけだった。翼くんは笑って、「そう、絵本作家」と繰り返した。

「絵本作家って、あの、絵本作家？」

「うん、あの、絵本作家。絵本を描いて、出版社を通して全国の書店で発売している人たちのこと。燈はよく知ってるでしょ。一人で絵も文もやってる人もいるし、絵と文で分担して二人でやってる人もいる」

「それは、分かるんだけど。それを、私たちで？」

「そう、僕たちで、プロの絵本作家を目指そうよ。燈が文を書いて、僕が絵を描くんだ」

私と、翼くんで、プロの絵本作家に。

その言葉の実感が、今更になって押し寄せてきて、強い力で私の胸を叩いた。

それは、それは、なんて素敵な未来なのだろう。

「あ、僕、一人で突っ走り過ぎてるかな……？」

私の反応が悪いからか、不安にさせてしまったようだ。慌てて首を振る。

「ううん。素敵すぎて、言葉を失ってた」

翼くんはほっとしたように笑って、「よかった」と言う。

「絵本作家になる方法について、少し調べてみたんだけど」

「えっ、そうなの」

驚いた。私はただぼんやりと、翼くんと絵本を作っていけたらいいなぁくらいに考えているだけだった。でも彼はそのずっと先を見据えて、準備を始めていたんだ。何かに対してこんなに積極的な翼くんを、もしかして私は初めて見るかもしれない。

「自費出版とか、養成講座に通って編集者と知り合うとかもあるみたいだけど、僕たちはまだ子供で、お金もないからそれはムリだ」

「うん」

「そうなると、やっぱり賞に応募するのが一番だと思う。絵本の賞も色々あって——」

彼が教えてくれる賞の名前や、受賞した場合の賞金の金額、「書籍化して全国出版」なんかの言葉を聞いていると、そのスケールの大きさにくらくらしてしまいそうだった。冬の寒さも忘れてしまうくらい、とんでもないことが始まる予感で、見えている世界が急速に広がっていくようなワクワクを感じた。

「はじめはどんなものを作ろうか」と、彼が問う。

「実は私、ちょっと考えてるのがあるんだ」

「え、そうなんだ。どんなの？」

「うーん、まだ秘密」

「ええ、気になるなぁ」

物語の展開も結末も何も決めていないけれど、キャラクターだけはずっと前から決めていた。三年前、父親を亡くして泣きじゃくる私に彼が描いて見せてくれた、手を繋ぐ白猫と黒猫のふたり。私の心の雨雲を振り払って、光を灯してくれた絵。いつか彼らを主人公にして物語を作りたいと、ずっと考えていた。それを、大好きな幼馴染と協力してできるなんて、どれだけ素敵なことか、表現する言葉を持たないのがもどかしい。

会話しながら通りを歩いていると、数メートル先の曲がり角から、カエデが出てくるのが見えた。絵本の夢のことも、今日の買い物のことも、カエデには秘密のままだ。思わず隠れる場所を探してしまうけど、そんな場所は都合よく見つからなかった。

「あれっ、翼と燈じゃん。二人で何してんの？」

まごまごしているうちに、カエデに見つかってしまう。

「あ、えっと」

「さっきそこで偶然会ったから、一緒に歩いてたんだ」

口ごもる私に代わって、翼くんが答えてくれた。

「ふうん。翼は何持ってるの？」

「兄さんに頼まれて買い物だよ。弟だからって人使いが荒くて困るね」

咄嗟《とっさ》のウソが上手という、翼くんの新たな一面を知った気がした。

「そっかぁ、まああの人いつも忙しそうだもんねぇ」

納得したのかそれ以上突っ込むこともなく、カエデは私の横に並んで、私の手を取って繋ぎ、歩き出した。握られた手が温かい。

「どこかに行く途中だったんじゃないの？」と引っ張られながら私が訊くと、彼女は振り返って満面の笑みで答える。

「そのつもりだったけど、二人に会えたから予定変更だよ。あそぼあそぼ」

「もう、カエデは、私たちの予定も聞かないで」

「え、何かあるの？」

「いや、ないけど……」

「でしょー、じゃあ限りある時間を三人で過ごそうよぉ」

絵本作りは、急ぐことでもない。それに、こうしてカエデに引っ張られて遊びに行く、もはや私たちの習慣となっているこの行動も、私はとても好きだった。

ちらりと翼くんの方を向いたら、楽しげに微笑みながら、私たちについて歩いていた。

私は、彼の存在と、カエデと繋いだ手の温度が愛しくて、私も自然と笑顔になる。

いいな、と思う。

私は、もしかして今、とても幸せなのかもしれない。こんな時間が、ずっと続けばいいな、と思う。


——

気が付くと、自分の部屋の勉強机で突っ伏して眠っていた。見ていた夢のせいか、時間の感覚がおかしくなるけれど、この体は間違いなく、十五歳の高校一年の私のものだ。

時計を見ると、午後三時。そういえば昨日の夜は、約束の丘に行って、翼くんの心の内を知り、一度家に戻ったあとそのまま駆け出して天野先生に会ったから、結局一睡もしていなかった。帰ってから、気を失うように眠ってしまった。

幸せな夢の余韻が、今も甘苦しく胸を締め付けている。

失った温かさ、もう戻れない、愛しい過去。けれど、その延長線上に今があるのだと、改めて思う。

得られなかった輝き、もう叶うことのない、眩い未来。けれど、それとは別の未来も、今の延長線上にあるのだと、今は思える。

今日、天野先生に言われたこと。私は、翼くんにどうなってほしいか。そして、そのために私に出来ることは、何だろうか。ずっと考えていた。

今見た夢に、そのヒントがあるような気がして。私は頬を伝っていた涙を、そっと拭った。

☽ 12/11 Tue. Morning

翌日の朝、翼くんが住んでいた家の前に、私は立っていた。町の中でも大きめなその家には立派な門が立っていて、歴史を感じさせる木の表札には、「明空」と彫られている。幼い頃に遊びに来た時も、いつもここで緊張していたのを、よく覚えている。

私は深く息を吐いて、表札の下の呼び鈴のボタンを押す。マイクやスピーカーはないので、待つしかない。しばらくすると通用口の扉が開いて、眼鏡をかけた若い男性が現れた。きちんと話したことはないけど、翼くんのお兄さんだ。

「あ、あの」

「はい」

もう大学生になっていると思う。お兄さんには翼くんの面影があって、一人っ子な私は少し、羨ましく思う。

「私は、翼くんの知り合いなんですが、彼に、貸したままのものがあって。もし、よろしければ、彼のお部屋を探させてもらっても、いいでしょうか……？」

お兄さんは少し眉を上げて私を見た後、「どうぞ」と門を通してくれた。

彼の家に入るのは、どれくらいぶりだろうか。当然かもしれないけど、家の中は私の記憶とほとんど変わっていなくて、全ての光景が懐かしく、胸が締め付けられる。お兄さんの後ろを歩いているこの廊下で、幼い翼くんとカエデと私の三人が、笑いながら走って、今の私を追い抜いていく。そんな光景が浮かんで消えた。

階段を上って一つめの扉が、彼の部屋だ。その前でお兄さんは立ち止まり、私を振り返った。私は小さく頭を下げ、ドアノブに手をかける。彼は、あの優しい手で、何度ここに触れただろう。

ノブを回して扉を開ける。カーテンが閉ざされて薄暗いけど、八畳ほどの広さの部屋は綺麗に整理されており、遺《のこ》されたものが壁際に並べられていた。処分されていなくて、よかった。

私が部屋に入るとお兄さんも続いて入り、カーテンと窓を開けた。冬の静謐《せいひつ》な光と風が部屋に入り込み、私の頰と髪を撫でた。

「たまに風を入れてやらないと、空気がこもるんだ。あいつ、綺麗好きだったから、サボると怒られると思って、俺がたまにこうして換気してる」

「……そうですよね」

「探し物はありそうか？」

部屋を見渡すと、それはすぐに見つけられた。紐《ひも》で括《くく》られた本の山のそばで、壁に立てかけられている、シンプルで落ち着いたベージュの表紙の、F4サイズのスケッチブック。F4は、A4よりも一回り大きくて、フランス語で人物画を意味する「Figure」の頭文字なのだと、かつて翼くんから教えてもらった。

近付いて、手に取り、そっと撫でる。表紙の厚紙を開くと、一枚目の紙には物語の文章と、その下に手を繋ぐ二匹の猫の絵が描かれている。懐かしくて、微笑ましくて、泣きそうになる。

私は翼くんとこのスケッチブックを買った後、拙いながらも二人の絵本を作り始めた。タイトルも展開も結末も決めないまま、ページの上部に物語を書いて、彼に渡す。後日、ページ下部の空白に絵が描き込まれ、私に返される。そうやって交代して、少しずつ、制作を進めていった。

スケッチブックに描いていた二人の夢は、途中で止まっている。高校受験の準備を始める頃に一度中断したきり、転校の話や、あの事故で、私たちの未来の約束は途絶えてしまった。

私は開いていた表紙を閉じ、胸元に抱きしめる。そしてお兄さんに訊いた。

「あの、これ、持って帰っても、問題ないでしょうか」

「もちろん。見つかってよかったね」

「ありがとうございます」

お兄さんはしばらく私の顔を眺めた後、言った。

「君は、月待さん、だよね」

「え、私をご存知なんですか？」

私はよくこの家に遊びに来ていたけれど、お兄さんと顔を合わせたのはもっと幼い頃だったし、きちんと言葉を交わしたこともなかったから、少し驚いた。

「弟から、たまに名前を聞かされてた」

「そうなんですか……」

私たちは部屋を出て階段を降り、廊下を歩いた。

途中、扉が小さく開いている部屋があり、ふと中を覗いてしまった私は、全身を電流に貫かれたように足が止まってしまった。

来た時には、気付かなかった。角度の関係で見えなかった。その八畳ほどの広さの和室には、仏壇が置かれていた。

胸が苦しく鼓動を速める。私を取り巻く空気が冷たくなり、細かな棘になって皮膚に突き刺さるように感じた。

当たり前だ。別の可能性の世界で生きている彼と、どれだけノートで言葉を交わしても、消せない事実がここにはあるんだ。私のせいで翼くんが死んだ現実が。彼を喪った家族が。

それはもう絶対に変えることの出来ない真実として、揺るがない歴史として、この世界に定着し、深く深く、根付いているんだ。

十か月前の事故の後、開かれた彼のお葬式の日、私はそこに参列できなかった。その現実を直視できなくて、自分の部屋を出ることさえ怖くて、布団の中に頭まで潜って泣いていることしか出来なかった。あの頃からずっと私は、優しい過去にだけ縋りついて、未来から目を背けて、さよならを先送りにし続けている。

前を歩いていたお兄さんが足を止め、こちらを振り向いた。

「どうした？」

「あの……」

「……ああ」

この部屋の前で立《た》ち竦《すく》む私を見て察したのか、お兄さんは静かに言った。

「挨拶、していく？」

私はうつむき、唇を噛む。

本当は私は、誰よりも先にここに来て、謝らなければいけなかったのだろう。でも、そこに向き合うのが、怖い。遺影の前に座って、お線香を立てて、手を合わせて、彼の死を受け入れるということが、怖い。

でも、それでは、だめなんだ。

天野先生は昨日、私に訊いた。私は翼くんにどうなってほしいか。その答えは簡単に見つかった。生きていて欲しい。過去に縛られないで、未来を向いて、幸せになって欲しい。

そのためには、私が彼に寄りかかってはいけない。依存してはいけない。私も、前を向かなくてはいけない。認めなくてはいけないんだ。彼のいない、この世界を。

私は大きく息を吸い、顔を上げると、「はい」とうなずいた。

☽ 12/11 Tue. Before Noon

お兄さんに通された和室は、静かに淡く、そして冷たく白い、柔らかな光で満たされていた。沢山のさよならが降り積もってきたこの町で、私が目を背け続けていたその光には、なぜかどこか懐かしささえも感じる、透明な優しさが含まれているように思えた。

それはきっと、――こう思うのは今の私の精神状態によるところが大きいのだろうけれど――今日に至るまでの何千年もの間、出逢《であ》いと別れを繰り返してきた命の歴史の中で、少しずつ空気に溶けて浸透していった、去っていった大切な存在への祈りの粒子なのかもしれない。

傍らにスケッチブックを置いて仏壇の前に座る時、遺影が目に入らないように、自分の足元ばかりを見つめていた。向き合うためには、きちんと覚悟が要ると思ったから。

細く、長く、深呼吸をして、ゆっくりと視線を上げる。

歴史のあるお家《うち》だ。きっとここにも沢山の方が祀《まつ》られているのだろう。その中でも最後に納められた彼の写真が、私の視界に入った。かつては毎日のように見ていた、優しくて、でもどこか寂しげな雰囲気を纏う、彼の微笑みの写真が。

あの事故の光景がフラッシュバックする。ここは間違いなく、疑いようもなく、あの事故の延長線上の現実なのだ。身体が震えそうになる。思わず目を逸《そ》らしてしまいそうになる。でも、逃げてはいけない、と弱い自分を叱って、しっかり前を向く。

軽く一礼をして、マッチでロウソクに火を灯した。お線香に火をつけ、香炉に移す。おりんをそっと鳴らして、手を合わせる。

彼がいない世界を受け入れるための、その一つ一つの動作に、心が静かに軋んで涙を流していくのを感じていた。

あの雪の日、会いに行くのが遅れてしまったこと、ごめんなさい。

今までずっと逃げ続けて、ここに来れなかったこと、ごめんなさい。

そして、あなたのいた過去を置いていこうとすること、ごめんなさい。

私は心の中で、そう言って謝った。

絵本や小説の中の世界では、魂や、幽霊というものが描かれることがある。でもそれらのものが、私が生きるこの現実には存在しないということは、夢想家な私も理解していた。だって、小学生の頃どれだけ願っても、呼びかけても、亡くなったお父さんは逢《あ》いに来てくれなかったから。

だから、ここには翼くんがいないことも、理解している。

だから、私が本当にしなくちゃいけないさよならは、ここではまだ、出来ない。


――


お参りを終えた私は、スケッチブックを持って玄関で靴を履き、お兄さんにお礼を言って家を出ようとした。でも、心の中に浮かんだ一つの心残りが、私の足を止めた。

迷ったけれど、振り返って、ずっと気になっていたことを訊いてみることにした。

「あの……こんなこと訊くのは、ご家族の方に悪いかもしれないんですけど」

「なんだい？」

「翼くんの、最期の日……彼は、どんな様子でしたか？」

遠くの地に越すことを告げた時、電話で彼は、さよならをしようと言った。本当は私は、例え叶わないことだとしても、引き留めてほしかった。離れてもいつかまた逢おうと、言ってほしかったんだ。その時彼はもう、私をそれほど好きではなくなっていたのだろうか、と、そんな悲しい可能性を私はずっと心の隅に抱えていた。

お兄さんは少し考えた後、「ああ」と声を出した。

「さっき君も通ったけど、うちは階段の横に家の電話を置いてるんだ。その日、弟はそこで電話をしていた。俺は二階にある自分の部屋から、居間に行こうと階段を下りているところだった。普段は、家族が誰と電話していようと全く気にならないんだけど、その時は、弟が、涙を流していてね」

私は小さく息を吸った。

「気になったから、電話が終わった後、訊いてみたんだ。何かあったのか、って」

「……はい」

「そしたらあいつは、しばらく悩んだ後に、こんなようなことを言ってたよ。大切な人がとても遠くに行ってしまう、離れたくないけど、その人の未来を束縛するわけにはいかないから、さよならをしにいく、って」

お兄さんは私の頬に流れるものを見て、

「ああ、そうか。それは、君だったんだな」

と言って、優しく笑った。私はスケッチブックを抱きしめたまま、しゃがみ込んで、しばらく泣いた。

☽ 12/13 Thu.

翼くん、見てますか。お元気ですか。

私は、色々あったけど、なんとか元気でやってます。

話したいことが、あるんです。

とても、大切なこと。


約束の丘で会った日から、もう三日が経った。まだ、彼の言葉は返ってきていない。

私はあれから、スケッチブックに書いていた途中までの私たちの物語を、ノートの空きページに書き写していった。

太陽を失い、永遠の夜の中にある、猫の世界の物語だ。陽の光のような毛皮を持つ白猫の女の子と、夜の闇のような毛皮を持つ黒猫の男の子、ふたりの子供の猫が主人公のお話だった。気付いた時には一緒にいて、町の片隅で誰からも忘れられたように育ってきた、そんなふたりが辿る道程。

もう、一年以上前になるだろうか。高校受験の準備を本格的に始める前。スケッチブックを翼くんに渡して彼の絵を待つ間、物語の続きを考えていた。

ある困難の中で、ふたりはどうしようもなく引き離されてしまう。けれど、最終的には再会できて、お互いを大切に思う気持ちを再確認して抱き締め合い、手を繋いでずっと一緒に暮らしていく。そんな柔らかく優しい結末を、ぼんやりと思い浮かべていた。

けれど私は、自分の中の物語の着地点を変えることにした。お話の中のふたりの猫が、翼くんと私の二人と、似通っているように思えたから。

ノートの残りのページに、結末を変えた私たちの物語を書き込んだ。ページの下部には、翼くんに絵を描いてもらえるよう、空白を残して。

――

最後まで書ききると、ノートの空白のページは、もう数えるほどしか残されていなかった。ひとつ、大きく深呼吸をして、私はそのまっさらなページに、私の思いを、願いを、どうか届くようにと祈りながら、記していく。

翼くん、前に二人で絵本を作っていたのを、覚えていますか？

私がお話を書いて、翼くんが絵を描いてくれていた、あのスケッチブック。

高校受験の準備を始める時に少しお休みしようと言って、あなたに預けたまま、私の引っ越しの話が出て、中断しちゃってましたね。

あれをね、ちゃんと終わらせようと思います。


終わらせよう、と文字を書いた時、たまらなく寂しくなって、唇を噛んで堪えても、涙が溢れた。頬を伝うものを拭いもせず、私は書き続けた。

私はこの前、翼くんの家にお邪魔してきました。お兄さんに断って、翼くんの部屋にも入らせてもらいました。ごめんね。（でもちょっと懐かしかった）
それで、スケッチブックをもらってきました。あなたの世界では、まだ、あなたの部屋で眠っているのでしょうか。
ここまでのページに、今まで二人で作ったものも含めて、物語を全て書きました。
もし、よければ、また、あの頃のように、翼くんに絵を入れてほしいです。

私は、あなたの絵が大好きでした。

幼い頃から、あなたの絵に元気をもらっていました。

このノートでお互いの正体を確かめ合った時にも書いたけれど、私がまだ九歳だった時、お父さんが亡くなったあの夏、縁側でいつまでも泣いている私に、絵を描いて見せてくれたでしょう。花畑で手を繋いで立っている、ふたりの猫の絵。あの絵、私は今でも、勉強机の引き出しに大事にしまっているんです。

その後も、あなたは時折私に絵を描いて、プレゼントしてくれました。動物だったり、花だったり、風景だったり、色んな絵。

優しくて、温かくて、柔らかな色彩に溢れ、見ているだけで楽しくなるような、頭の中で物語が紡がれていくような、そんな絵。

引っ込み思案で、友だちを作るのが苦手で、そのくせ寂しがりで、インドアなのに誰もいない家にいることが苦手な私は、心細い時はいつも、机から翼くんの絵を取り出して、床に並べて眺めていたんですよ。（これを伝えるのは初めてだから、知らなかったでしょう）

翼くんの絵のおかげで、乗り越えられた悲しみもありました。

あなたの絵には、その力があると思います。

この前、真夜中の約束の丘で、ある男の子に会いました。そこにいた人は、自分を終わらせて楽になりたいと言っていました。

そのすぐ後、それを言っていたのが翼くんだと知って、とても驚いたし、とても悲しくなりました。

生きるのは、苦しいですよね。

私も、ずっとそうでした。暗い海の底を、息もできずに歩き続けているような気分でした。

自分にはどうしようもない力で、この世界に生まれきてしまったことを、悲しく思うこともあります。でも自分で自分を終わらせてしまうことも、誰かに迷惑をかけてしまうはずで、それが申し訳なくて生きていたようなところもあります。

このノートで、私たちが繋がった時。まだ私が「ツキヨ」であなたが「アサヒ」だった頃。アサヒがこんな言葉をくれました。覚えていますか。

どうして生きているのか、いつまで生きていなくちゃいけないのか、それは僕にも分からない。

でも僕は、君に生きていてほしいと思う。そう思うのは、僕のエゴなのかもしれない。もしかしたら君の首を絞めてしまう願いなのかもしれない。けれど、本当にそう思う。

ツキヨ、僕は、君には、生きていてほしい。

これを読んだ時、この願いは、確かに私の首を、柔らかく絞めてきました。

生きる理由が分からないままに生きることを求められて、その為《ため》だけに生きるのは、とても苦しいことだと分かります。今、私の体の内側に、破裂しそうなくらいに満ちているこの願いが、私のエゴでしかないのだとも、分かります。でも。

翼くん。私は、あなたに、生きていてほしい。

そこに私がいられなくてもいいから。

幸せになってほしいよ。

前を向いてほしいよ。

笑っていてほしいよ。

これはもしかしたら、あなたの首を絞めてしまう願いなのかもしれません。けれど、本当に、心の底から、切実に、そう思います。

だから、そのために、私たちは、

大事なものを置いて前に進むのは、心のかさぶたを引き剝がすような痛みを伴うんだ。天野先生はそう言っていた。

もう私は、涙で顔をぐしゃぐしゃにして、声あげて泣きながら、心に繫がっている依存や執着の太い糸をひとつひとつ引きちぎりながら、それでもノートに文字を書き続けた。

私たちは、ちゃんと、さよならをしなくちゃいけないんですね。
あなたのいない世界で、私が生きていくために。
私のいない世界で、あなたが生きていくために。
十か月前にできなかったさよならを、寂しさで引き延ばしてしまったさよならを、今度は、ちゃんと、言わせてください。

あなたのことが、本当に、本当に、大好きでした。

お返事、待ってます。

☽ 12/14 Fri. Morning

家の外は、冬の朝の光で満ちている。私はカーテンを開けて、その眩しさを部屋に取り込んだ。冷たく澄んだ空気を、ゆっくりと胸に吸い込んで、鞄を持ち玄関に向かう。

「いってきます」

少しだけ明るい声で、誰もいない家に告げて、外に出る。空は、晴れ。

ノートは、家に置いてきた。

今日も、いつもの小学生グループとすれ違う。しばらく私が引き籠っていたからか、久しぶりに見る彼らは、気のせいかもしれないけれど、少し背が伸びたように感じた。

彼らは「幽霊」を見るために、松陵ヶ丘に行ったのだろうか。今はどんな噂になっているのだろう。そう思って聞き耳を立てたけれど、聞こえたのは新しく発売されたらしいゲームの話題でもちきりだった。「人の噂も七十五日」という言葉を思い出して、そんなに持たなかったな、と、私は小さく笑った。

――

コンクリートで固められた高校の校舎は、堅牢な砦のように冷たく灰色に聳え立ち、私を萎縮させる。それでも、大きく息を吸って、深くまで吐いて、私はそこに足を踏み入れる。登校する生徒たちの何人かが、珍しそうに私を見る視線を感じる。

靴を履き替えて、リノリウムの廊下を歩き、階段前の分かれ道でいつもと反対の方向に歩くと、「1―1」と書かれた教室の前に立った。

扉にかけようと上げた右手に、いくつもの見えない糸が絡みつき、重さを伴って私を竦ませてくる。これは、私の心が生み出している糸だ。恐れ、躊躇い、不安の重さ。深呼吸をして、天野先生の言葉を思い出す。私たちは、どうしようもなく迷惑をかけあって、それでも許し合って、生きるしかないんだ。

下げかけた右手を扉にかけ、ゆっくりと開けると、部屋の中にいる生徒たちの視線が私に突き刺さる。前に廊下で私を笑った子たちが、ひそひそと何か話している。思わず逃げてしまいそうになる。でもぐっと踏みとどまり、教室を見渡すと、その姿はすぐに見つかった。

「カエデ」

彼女の方も私を見ており、少し驚いた様子で私の呼びかけに応じて、私の立つ入り口の方に走ってきた。

「なに、燈、どうしたの。びっくりしたよ」

「ふふ、来ちゃった」

「あんたは突然会いに来る系のあたしの彼女か」

「え？　違うよ？」

「いや、分かってるけどさ……。で、どうしたの」

「ちょっと、大事なお話があって」

朝のHRが始まるまで二十分ほどある。カエデの提案で、屋上に行くことにした。

教室の前を離れる時、ふと私は足を止めて、部屋の中の方を振り向く。

今も私の方を見て何か話している、私の机にふざけて花を置いたであろう人たちの方に向け、人差し指で右の瞼を引き下げ、小さく舌を出して、「あかんべえ」をして見せた。驚くような彼女らの表情を置き去りにして、少し先で待ってくれていたカエデの所まで走ると、カエデは笑って、「やるじゃん」と言ってくれた。

私たちは階段を上り、校舎の屋上に出た。制服のスカートは冬の冷たい風から足を守ってくれず、私は小さく震えた。

「寒いね」とカエデが言う。

「うん、寒いね」

「やっぱり中に入ろうか?」

「大丈夫」

風は冷たいけれど陽射しは温かく、三階建て校舎の屋上からは、めいっぱい広がる青い空と、目立って高い建物もない、私たちの住む町が見渡せた。

山に囲まれ、田畑があちこちに点在し、娯楽といえば商店街のファストフード店やゲームセンターくらいしかない、小さな町だ。正確な場所は分からないけれど、きっとここからは、約束の丘の見晴らし台も見えているのだろう。

「で、なに、大事な話って」

少し神妙な面持ちで、カエデは言う。私はもったいぶらずに、なるべく軽い調子で、十数年来の付き合いのある彼女に告げた。

「私、引っ越しすることになったよ」

「え」

カエデは驚いた表情で数秒固まった後、「……どこに？」と訊いた。私がその県名を告げるとさらに驚き、今度は悲痛な顔になった。それだけの距離があるんだ、と改めて寂しく思いつつ、彼女の表情がころころ変わって、おもしろい。

「だから、ちゃんと、お別れを言いに来たんだ。前に、いつか友だちに戻りたいって言っておきながら、こんな形の終わり方になっちゃって……ごめん」

そう言って小さく頭を下げると、カエデがくるりとこちらに背を向けたのが見えた。

「……あたしさ」

「うん」

「今でも、あんたのこと、全部許したってわけじゃないんだよ」

「……うん」

仕方のないことだ。私は彼女にひどいことを、いくつもしてしまった。それは、取り返しのつかないこと。

「一番許せなかったのが」

私は傷を、受け入れる準備をした。

「あんたが、翼の彼女になったのを、教えてくれなかったことだよ」

「え……」

「それってさ、ひどいじゃん」

カエデの声は、少し震えているようだった。

「ごめん……。カエデに言ったら、もう三人じゃいられなくなるのが、嫌で、私――」

「友だちだろっ」

彼女の後姿が、手で目元を拭った。

「ちゃんと、言ってくれれば、あたしだって、祝福、したのに。おめでとうって、言って、一緒に喜べたのに」

その言葉に、私の目にも涙が溢れた。三人じゃいられなくなる、なんて、私が勝手に決めつけていたことだ。

「あたしが信用されてないみたいで、めちゃくちゃ傷ついたんだからな」

「ごめん」

「謝るなよ、もう」

「……ごめん」

カエデは小さく笑って、「変わらないなぁ燈は」と言った。私は同意する。

優しい風が吹いて、私の頬を撫でた。涙の跡が冷たくて、指の先で拭うと、カエデがくるりと振り向いた。その目が赤く濡れている。

「じゃあこの機会に、あたしも謝るよ」

「なに？」

「翼が死んじゃったこと、どうしようもない事故だったのに、混乱して、気持ちのやり場がなくて、お前のせいだ、って言っちゃって……ごめん。叩いたことも、ごめん。あの時、燈が一番つらいのに、ひどいこと言っちゃって、ずっと謝りたかった」

私はうつむいて、答える。

「でもあれは、やっぱり、私のせいで――」

「燈のせいじゃない！」

カエデの両腕が私の方に伸ばされ、私は彼女に抱き締められた。私より背の高いカエデの胸に、私の顔が埋まる。

「ごめん！　やっぱり、あたしの言葉が呪いになっちゃってたんだな。ごめん、燈。あの事故は絶対に燈のせいじゃないよ！　ずっと苦しめてごめん！　大好きな人が死んじゃったのに、自分のせいに感じるなんて、つらかったよな。ごめん。ごめんね、燈。ごめん」

彼女が泣きながら何度も謝るものだから、私は胸の内側から湧き上がる温度を抑えきれずに、ずっとずっと抱えていた気持ちが解き放たれていくように感じながら、大好きな友だちの腕の中で、大声を上げて泣いた。

——

二人で落ち着いた後、泣き腫らした赤い目を後悔して、カエデは「クラスメイトになんて説明すればいいんだろ」と頭を抱えながら、教室に戻っていった。町を発《た》つ時は絶対に見送りに行くことと、引っ越した後も連絡し合うことを約束して。

カエデと別れた後、私は保健室に向かった。この高校に入学してから約八か月、毎日のように触れていた引き戸を開けると、いつものように天野先生が、白い光の中で紅茶を飲んでいた。

「あら、月待さん」

「先生、おはようございます」

「おはよう」

私は先生にも引っ越しのことを告げ、相談に乗ってくれたことを深く感謝した。

「そう。月待さんも、前を向けそうなんだね」

「……正直、まだ、不安とか、未練とか、執着とかで、心はたくさん縛られています。でも、先生のおかげで、前を向かなきゃって気持ちには、なれたと思ってます」

「うん、とっても素敵な気付きだと思うよ」

先生も私を抱き締めて、別れを惜しんでくれた。

この先、私がどれだけ長生きしても、この人ほど素敵な先生には、きっともう出会えないと思う。


保健室を出た私は、その足で、図書室に向かった。

図書室はいつものように、いくつもの物語が醸し出す夢の気配と、透き通った寂しさと、少しの温かさで、私を迎えてくれた。

ひとつ深呼吸をした後、誰もいない受付テーブルに向かい、かつてノートが置いてあった場所の前で、私は立ち止まる。そして鞄の中から、用意してきたものを取り出した。それは何の変哲もないＡ４サイズのノートで、表紙には黒のサインペンで「読書ノート」と書いてある。

「返すのが遅くなって、ごめんなさい」

誰に言うでもなくそう呟《つぶや》いて、私はこの日のために新しく買ったそのまっさらなノートを、そっとテーブルに置いた。もしかしたら、私が置いたこのノートが、いつかの未来、私たちみたいに切り離されてしまった二人を繋ぐかもしれない、なんて、物語的な空想をしながら。

その後は、緊張しつつ職員室で挨拶をしたり、校内の敷地《しきち》を散歩したりした後、図書室で最後の読書をして、夕方に、私は家に帰った。

☽　12/14 Fri. Evening

不安なのか、期待なのか、懺悔なのか、願いなのか、分からない。

自室の机の上に置いておいたノート。それを見下ろしている私の胸は、複雑な感情で壊れそうなくらいに高鳴っている。

私の言葉が、どうか、翼くんに届いていますように。そしてどうか、彼が返事をくれていますように。

その結果を早く確認したい気持ちと、もし一つの反応もなかったらどうしようという不安が、私の中でせめぎ合っている。

何度も深呼吸をして、ノートを手に取って、裏返す。裏表紙には何も書かれていない。その厚紙を摘まんで、一枚捲る。最終ページは空白のままだ。

鼓動が速くなっていく。瞼を閉じて、罫線だけが引かれた白いページにそっと手を置く。どうか、言葉が増えていますように。そう祈りながら。

目を開けて最終ページを捲ると、そこに沢山の文字が増えているのを見つけ、私は心臓が止まるかと思った。彼の言葉の書き出しまで戻って、目で追っていく。

燈。

心配させてしまっただろうか。ごめん。

あの丘で会えてしまったこと、そしてそこで、黒く塗りつぶされた僕の心の内側を、他ならぬ君に知られてしまったこと。それが苦しくて、ノートの中でも、君にどう接すればいいのか、分からなくなってしまっていた。

僕は君にとって、この苦しい世界の中で寄りかかれる存在でありたかった。君の生きる理由でありたかった。だから、君の目にだけでも、強く映らねばならないと、思っていた。でもそれは、僕の失敗だったようだ。

十か月前、僕は僕のせいでこちら側の君を死なせて、世界から光を失ったと思った。電話でお別れの提案をしたことを、雪の降る日に君を外に呼び出してしまったことを、いや、そもそも、僕なんかが君の恋人になってしまったことを悔いた。そのどれか一つでも実現していなければ、君が命を落とすことはないはずだったと、何度も、何日も、自分を呪い続けた。

僕が僕として生きる理由を失ったと思ったんだ。それだけ君の存在は、僕にとって、かけがえのない、大切なものだった。

けれど、君も書いていたように、死ぬことさえ誰かの迷惑となることが嫌で、それを選べなかった。自分を殺そうとすることは、とても大きなエネルギーを要するんだ。それを決行する力さえ、その時の僕には残されていなかった。

現実から逃げたくて、放課後になると図書室に籠って、物語の幻想の中に自分を押し込めていた。そのうちに、読書ノートの存在を知って、そしてそこで、「ツキヨ」

と逢った。どこか、燈が纏っていた雰囲気にも似たその人の言葉に、僕は惹かれたんだ。この苦しい命を、それでも存続させるために、そこに意味を求めてしまった。

　ツキヨが燈だと知って、本当に驚いたし、嬉しかった。例えここではなくても、君が生きている世界があるという事実は、僕の心を途方もなく温めた。けれど、君との交流の日々は、同時に僕の心を壊してもいったんだ。

　どれだけ言葉を交わしても、僕はもう君に触れられない。どれだけ強く求めても、君の隣にいられない。例え奇跡が起きてもう一度逢えるようなことがあっても、落ちぶれた僕の姿を、君に見られるわけにはいかない。

　ノートで会話しながら一緒に町を歩いた日（もう隠す必要もないから書くと、僕は歩いたんじゃなく車椅子を動かしていたわけだけど）、文字の上では平静を装いながら、誰よりも近いようでいて絶望的に遠い、残酷な世界の隔たりに、僕は心が引き裂かれていたんだ。

　僕も少し、昔の話をしてもいいだろうか。君が書いてくれていた、君のお父さんが亡くなった日のことだ。

　僕はそれまで、絵を描くということを、誰にも話さなかった。

自分の手で、自分の心の中にある世界を好きなように創り出せる「描く」という行為に、鬱屈とした現実の中の唯一の自由を感じて、僕はそれに夢中になっていた。でも、親は、優秀な兄と比較し、僕に成長と成功を求め続けた。だから、そんな娯楽を持っていることは許されない逃避だと思っていたんだ。

けれどその日、泣きじゃくる君に、何とかして笑ってほしくて、僕は初めて人前で絵を描いた。君がとても喜んでくれて、それは同時に僕のことも喜ばせたんだ。比較され続ける自身の中に、僕だけの命の喜びを感じられたんだ。（これを伝えるのは初めてだから、知らなかっただろう）

僕の絵で、君が喜んでくれて、求めてくれた。一緒に絵本を作らないかと誘ってくれた。浮かれた僕が一人で突っ走って、どうせなら絵本作家を目指そうなんて無茶なことを言っても、君は喜んで賛同してくれた。それは無上の幸福だった。その約束のおかげで、未来と、世界に、光が満ちたんだ。

燈が死んでから、君の笑顔を忘れたくなくて、記憶の中の映像から何枚も何枚も君の似顔絵を描いた。でもどれも、うまくいかなかった。泣いていたり、寂しそうだったり、そんな無数の君の絵に埋もれながら、僕は自分の心が死んでいくのを感じていた。

君のことが、本当に、本当に、大好きだった。

だから、君を失ったこの世界が、この命が、意味のあるものに思えなかった。

でも、それでも、どこよりも遠くの世界にいる君が、僕に生きてほしいと願ってくれる。

君が言うようにその願いは、僕の首を柔らかく絞める。けれど、僕の首に触れるその手は、涙が止まらないくらいに、優しく、温かい。


だから僕は。

僕のいない世界で、君が生きていくために。

君のいない世界で、僕が生きていくために。

ちゃんと、君に、さよならをしようと思う。


読みながら、ぼろぼろと泣いていた。涙も泣き声も、抑えられなかった。

生きていてくれた。返事をくれた。好きでいてくれた。私の言葉で、喜んでくれていた。それは、なんて幸せなことなのだろう。

私は鉛筆を持ってページを捲り、ノートの最後の白紙に、文字を書き込んでいく。

翼くん。ありがとう。

すぐにその下に、彼の言葉が増える。

僕の方こそ。ありがとう。

彼も今、ノートの前にいるんだ。私は彼が書いたその文字を、愛《いとお》しむように指でそっと撫でた。

どこよりも近く、どこよりも遠い場所に、あなたがいる。本当は交わることもないはずだった、ひとつの事故が引き裂いた平行世界の私たちを、このノートが繋いでくれた。原理は分からない。でも——

きっと、私たちは、きちんとさよならをするために、こうしてつながったんだ。

深呼吸をするような間を空けて、彼の文字が増える。

そうだね。僕も今なら、そう思える。
残酷だと思っていた世界の、優しさの片鱗に触れた気がする。

彼がそう感じてくれることを、私は嬉しく思う。

前までのページに、絵を描いておいたよ。

ありがとう！

とてもいいお話だと思う。タイトルは決まってるの？

私は、ずっと考えていた、この二人で紡いだ物語に付ける大切な名前を、大事に、
大事に、ノートに書き込んだ。

「明けない夜のフラグメンツ」

いいね。最高の題名だ。

そうでしょ！　やった！

ページを捲って前に戻ると、翼くんにしか出せない温かな色使いと優しいタッチで、白と黒、ふたりの猫の、悲しくも愛しい前向きなお別れの絵が描かれていた。

私は、お話しをしていたページに戻る。そこはもう、ノートの最終ページ。残された空白は、あと数行だった。

絵、ありがとう。最高の絵本になったよ。

そうでしょ　やった　笑

彼の言葉に私は笑う。笑いながら、押し寄せる予感に、ぽろぽろと泣きながら。

惜しむような、たっぷりの間を空けて、翼くんは文字を書き込んだ。

じゃあ

それだけ。でも私は、その意図を汲《く》み取《と》る。あの日の電話と、同じだったから。

うん

今度は、素直に同意できた。そしてどちらからともなく、最後に残された一行に、ゆっくり、ゆっくり、鉛筆で線を引いて、その言葉を形作っていく。私の線の上を彼がなぞり、彼の線の上を、私がなぞる。

二人で一緒に書き込む言葉は、何よりも悲しく、けれど、どこまでも優しい、お別れの、挨拶。

さ

「ああ……」

泣いちゃだめだ。笑うんだ、私。

よ

「うああ……」

前を向くんだ。そう決めたんだから。

な

「ううううう……」

笑おうとしても、唇が震える。歯を食いしばって、笑顔を作る。

ら

最後の文字の下に落ちた、私のものではない涙の跡に、堪えていた涙はあっけなく溢れた。冬の夜が落とす優しい闇が包む、誰もいない静かな家で、私は微笑みを浮かべたまま、静かに、静かに、泣いていた。

ノートのページは使い切られ、彼の言葉ももう、増えなかった。

さよなら。さよなら。ありがとう。大好きな人。

エピローグ
さよなら私のフラグメンツ ― Good-bye my Fragments.

☽ 12/15 Sat.

息は白く、暗い空に立ち昇って消えていく。

淡く揺らめく光の道が、私をそこへ連れていく。

さよならの夜空は、瞬《またた》く星も見えないほど、大きく明るい満月を抱えている。

約束の丘に続く階段を、一歩、一歩、踏みしめる度に、胸の中に大切な想い出が弾《はじ》けて、そしてひとつ、ひとつ、消えていくような、そんな寂しさで、胸が締め付けられていく。それでも。

「私は、もう、大丈夫だよ」

乱れる息の途切れ途切れに、私は自分に言い聞かせるように呟く。

「前を、向いて、生きられるよ」

背中のリュックには、願いを書いた灯籠を入れてきた。

「一人でも、つらくても、強く、生きるよ」

十二月十五日——。この町の、最後の永訣祭の夜だ。

「だから、大丈夫だよ……翼くん」

私は今日の朝から、図書館で郷土資料を読《よ》み漁《あさ》った。天野先生が教えてくれたように、本来、死者の慰霊と、遺された者の心の整理のために始まったこの祭事。その本当のルーツは、この先の約束の丘、「松陵ヶ丘」だったらしい。

村を一望する高台で、満月の夜に、死者の魂を空に送る儀式をしていたそうだ。そのための「精霊《しょうりょう》ヶ丘」という名前が、時代の中で転じて、今の名前に変わったと、その本は語っていた。

本来交わるはずのない、異なる可能性の世界の私たちが、以前この場所で会えてしまったのは、そういった昔の人たちのいくつもの悲しみや、願いや、祈りや、想いが、時を越えても今なおそこに宿って、世界を優しく歪めていたのかもしれない、なんて、私は思った。

「だから……。私のいない世界でもいいから。隣にいるのが私じゃなくてもいいから。

私のこと、忘れても、いいから――」

そして私の足は高台の足場に辿り着いた。乱れる息もそのままに、台の端まで歩き、柵の手すりを摑んで身を乗り出すと、私たちが住んでいた町に向けて、深く深く、胸いっぱいに冬の冷たい空気を吸い込んだ。溜め込んだ思いを吐き出すように、誰もいないこの丘で、私は叫ぶ。

「生きるのは、苦しいかもしれないけど、こう願うのは、私のエゴでしかないけど、それでも、生きていてほしいよ！」

風が吹いて、木々がそよぐ。私の背後で、砂利がこすれる音が聞こえた。

「燈」

私の名を呼ぶ声がして、私は振り向いた。

電動車椅子に乗った翼くんが、少しだけ驚いたような表情で、こちらを見ていた。

約束したわけではない。けれど微かな予感と期待はあった。数日前、この場所で、絶対に会えるはずのない私たちは逢ってしまった。それなら、今日この日、彼が再びここに来て、奇跡と呼ぶには寂しすぎるこのさよならのための再会を果たす可能性は、心の隅で考えていた。

それでも、月明かりの中で改めてその姿を目にすると、彼の存在を目の前に感じると、覚悟も、決意も、全て溶けてしまうような――駆け寄って、縋りついて、抱きしめたくなるような、熱い気持ちが溢れて泣きそうになる。

でも、それでは、何も変われないんだ。様々な想いを呑み込んで、私は微笑みを作った。

「せっかくノートで、あんなにドラマチックにさよならしたのに、また、会っちゃったね」

そう私が言うと、彼はうなずいた。

「うん……。でも、きっと、これが僕らに与えられた、本当の最後なんだろう。そんな予感がある」

私もうなずく。

十か月前に言えなかったさよなら。使い切ったノート。最後の永訣祭。来月に控えた引っ越し。

全てが、今日の私たちの本当のお別れに、繋がっているように思える。

やがて、町の各所に設置されたスピーカーが、町内放送の開始を告げるチャイム音を流した。空気の澄んだ、静かな夜だから、私たちのいるこの位置までそれは聞こえてくる。スピーカーの声は、灯篭の準備をするよう案内した。全員で同時に灯篭を飛ばすために、毎年この放送で、タイミングが指示されるのだ。

私たちはそれぞれの荷物から灯篭を取り出し、和紙を袋状になるように、そっと広げた。私の灯篭の願いは、「翼くんが幸せでありますように」と書いてある。月明かりに見えた彼の灯篭には、「燈が幸せでありますように」と、書いてあった。

涙が溢れそうになる。でも、ぐっと堪えて、私は笑顔を作った。

「翼くん、聞いて」

「うん？」

「私、やっぱり引っ越しすることになったよ」

彼は少し驚いて、そして寂しげに眉を寄せ、一度目を閉じて呼吸をした後、目を開けて、微笑んだ。その表情に隠された思いが、私の胸を締め付ける。

「いつ？」

「年が明けて、冬休みが終わる前かな」

「行き先は、前と同じなのかな？」

「うん」

「そっか……遠いね」

「うん……」

　彼がうつむく。空気がしんみりしてしまった。私は泣いてしまわないように強く手を握り笑顔を作ると、冷たい風を吸い込んで、明るい声を出す。

「私ね、小説家を目指してみようと思ってるんだよ」

　彼が顔を上げ、私を見た。

「色んな物語を読んで、救われていたから。だからいつか私も、物語で人の心を温めたり、励ましたり、生きる力を与えられるような人に、なれたらいいなって、思ったんだ」

「そうか……。とても、素敵だと思う。応援するよ」

「うん、ありがとう」

　彼は大きく息を吐いて、空に浮かぶ大きな満月を見上げると、言った。

「僕の世界には、燈はいないから、君の書く物語で励まされるべき人が、困ってしまうね」

「え？」

「……だから、僕の世界では、僕が君の代わりに、絵を描くよ。それで、誰かの心を温めたり、励ましたり、生きる力を与えられたら、いいな」

「うん……いいね、それ。とても、素敵だと思う。応援するよ」

町内放送の声が、灯篭に点火するよう指示を出した。私たちはライターで、中央のロウにそっと火を点ける。オレンジに揺らめく炎が、二人の持つ灯篭を内側から温かく照らし出す。

町を見下ろすと、様々な場所で、同じような優しい光が灯っているのが見えた。大人は各自の家の前で。学生は、学校のグラウンドや、公園や、あるいは恋人同士の秘密の場所で。それぞれ色んな思いや願いを乗せた光を、今、手に持っているのだろう。それは地上に広がる星空のようにも感じられた。

和紙の中に十分な熱が溜《た》まった頃、スピーカーが灯篭を上げる指示を出した。

私は、この胸の中に未《いま》だ残る、寂しさや、悲しさ。未練や、執着。愛しさや、苦しさ。みんなと過ごした時間。何よりも大切だった想い出。夢のかけら——。それら全てを灯篭に乗せて、ふわりと夜空に、解き放った。

それは、ゆっくりと、ゆっくりと。翼くんが上げた灯篭と初めは寄り添って、そして次第に距離を開けながら、昇っていく。

眼下の町からも、無数のオレンジの光がふわふわと上がり出した。月の光の中でそのひとつひとつの灯りが、全て途中で二つに分かれたように見え、私は息を呑む。

そうか、これは。

私が生きる町と、翼くんが生きる町、二つの可能性の世界が、この場所から重なって見えているんだ。

倍の数になった無数の灯篭が、ゆらゆらと揺れながら町中に広がって、私たちの永遠のお別れを、眩く飾っていく。きっと私は、この先どれだけ長く生きても、これほど幻想的な光景を見ることはないだろう。そう思った。

町の人たちが放った祈りの灯りが、私たちのいる約束の丘の高さまで昇ってきた頃、彼は言った。

「じゃあ……、今度こそ、かな」

その言葉に、私はうなずく。

「……うん」

私は車椅子に座る彼の前に膝をついて、そっと顔を近付けた。私の意図を汲《く》んで、翼くんも椅子から背を離し、私の髪に触れるように右手を伸ばす。けれどその手は私に触れることなく、私の耳元をすり抜けた。小さく驚き息を呑む。

「やっぱり、だめなんだね……。最後なのに」

私の言葉に悲痛な表情を浮かべた彼は、それでも私に顔を寄せ、キスさえしたことも　なかった私たちは、この日、初めて、触れることのないくちづけをした。

「さよなら、燈」と、彼は微笑む。

「さよなら、翼くん」と、私も微笑む。

私たちのお別れに世界が呼応するように、音もなく、彼の姿が消えた。見晴らし台の木の足場の上に、私は一人、膝をついていた。

さよなら。

さよなら。

今度こそ、本当に。

分かたれたもの。切り離されたもの。大好きだった人。

さよなら、私の、魂の片割れ。

私は目を閉ざし、うつむいて、深く息をする。

昨日のノートのお別れであれだけ泣いたからか、涙は流さずに、笑って別れることができた。

　ゆっくり息を吸って、ゆっくりと吐く。喪失感に震えそうになる体を、なんとか抑える。

　立ち上がって、少し歩き、ベンチに腰掛けた。

　ノートの相手が翼くんだと知った次の日。筆談で言葉を交わしながら一緒に町を歩いたあの日。私は残酷にも、一緒にここに座ろうと彼にもちかけた。座れるはずもない彼は困惑しただろう。そして優しい嘘をついたんだ。

　過ぎ去っていった日々が、次々に浮かんで消えていく。もう二度と取り戻せないものほど甘美に輝いて、胸を締め付ける。

　私は心の中からひとつひとつ思い出を取り出して、大切に抱き締めたあと、空に放っていくイメージを、何度も繰り返した。これから未来に向かって生きるためには、自分の中にある大事な過去が、足枷《あしかせ》になってしまうような気がして。

　けれど、取り出すたびに、全ての日々が愛おしく、放しがたくて、またどれだけ空に解き放っても、なくなる気配を見せなかった。

　忘れなくては。過去は切り捨てて、前を向かなければ。そう決めたんだから。

そんなことを考えているうちに、昨日あまり眠れなかった私は、ベンチの上でうたた寝をしてしまった。

☽ XX/XX XXX.

優しい春の風が吹く。

約束の丘の見晴らし台からは、周りの山々に咲き乱れる沢山の桜が見渡せて、まるで世界が春の色に包まれて穏やかに笑っているようだった。

私たちが中学二年生になった春の日。ベンチに座る私の右隣りには、いつものように翼くんが座っていて、彼も同じように風景を眺めていた。二人で絵本作家を目指す約束をしてから、滅多に人のいないこの場所で会って話をすることが多くなっていた。

物語の展開とか、絵の雰囲気とか、そういったものを話し合う他に、応募する賞の相談や情報交換をしたり、時にはただの雑談で終わることもあった。

この何でもないような時間が私は何よりも愛しくて、絵本を完成させることさえ惜しいように思ってしまっていた。いつか私たちの創作が終わってしまったら、この二人の時間も終わってしまうような、そんな予感がして。

「燈」

「うん」

名前を呼ばれて応えても彼が話し出さないので、不思議に思ってそちらを向くと、翼くんは少し緊張しているような表情をしていた。

「あのさ」

「うん」

また黙ってしまうので、私は笑いながら「どうしたの？」と訊く。

「僕たちは、小六の頃に約束して、こうして一緒に絵本を作ろうとしているだろう？」

「うん」

「それは言わば、ある同一の目的を共有して、お互いの得意分野を出し合って成果を目指す、仕事仲間みたいなものなんだよね？」

彼の言っていることがよく分からず、私は首を傾《かし》げる。

「うーん？　そうなのかな？」

「それはつまり、その目的を達成したり、あるいは……もっと適した、才能に満ちた別の仕事仲間が現れたり、もしくは、考えたくはないけど……何らかの事情で目的を破棄する場合、解消してしまうような関係性なわけだよ」

「え、そう、かな」

「僕はそういった刹那的なものではなく、もっと……」

「うん？」

「えっと……」

「うん」

うつむいたまま珍しく口ごもる彼を見つめていると、顔が少し赤くなっているように見えた。

「翼くん、熱でもあるの？」

そう言って私が彼の額に触れようと手を伸ばしたら、彼は驚いて私の手を振り払った。

「あっ、ごめん」と謝るので、私は首を振る。

「ううん。大丈夫？　今日の翼くんは何だか変だね。もう帰ろうか？」

翼くんはもどかしそうに両手で顔を覆った。その手の隙間からくぐもった声が聞こえてくる。

「ああ、もう。僕はバカなのか。もっと簡潔に、実直に」

「んん？」

「つまり……つまりさ」

「うん」

彼が顔を覆っていた手を下ろし、真面目な表情で私の方を見た。

「燈」

「はい」

思わずそう応えてしまうほど、私を呼ぶその声は真剣だった。

「僕は」

風が吹き、桜が散る。いくつもの花びらが私たちの周りで舞っていた。

続けて彼が口にした言葉を、きっと、私は一生忘れない。

「君が好きだ」

☽ 12/16 Sun. Before dawn

まどろみは、冷たい夜露で破られる。

ここは。永訣祭が終わった後の、約束の丘のベンチだ。

寒い。いけない、こんな所で眠ったら、また風邪を引いてしまう。

辺りはまだ暗いけれど、日の出が近いのか、空には紺と紫のグラデーションが広がっていた。

帰ろう。私はベンチから腰を上げかけて、ふと思い出した。灯篭を入れてきたリュックで眠っている、もう一つの荷物。私は今日、それを、ここに埋めようと思って持ってきたのだ。過去を私と切り離して、ここで眠らせるために。

リュックの口を開けて、それを引っ張り出した。

何の変哲もない、けれどどうしようもなく離れてしまった私たちを繋いで、前に向かわせてくれた特別な、A4サイズのノート。最後のページまで書き込まれて、もう更新されることのない、不思議なノート。その表紙には、黒のサインペンで「読書ノート」と書かれて——

表紙を見た私は、少しだけ驚いた。そこには、もともと書かれていた「読書ノート」の文字の上に取り消し線が引かれ、その下に新しい文字が増えていた。

~~読書ノート~~
明けない夜のフラグメンツ

きっと翼くんが書いたのだろう。確かにこれはもう、ただの読書ノートではない。このノートに綴られているものは、明けない夜の中で迷いながら生きていた私たちの、決意と、さよならと、再生の物語だ。

そうだ。私たちは、未来に向かって生きるんだ。そう決めたんだ。きっと彼も、やがて私のことを忘れて、寄り添ってくれる誰かを見つけて、共に幸せになっていくのだろう。そうであるといい。きっとそうだ。そうでなくてはならない。

風に吹かれた頬が冷たく、私は自分が泣いていることに気付いた。

寂しい、私を忘れないで、なんて、思ってはいけない。私も忘れよう。この丘にノートを埋めて、かつての約束と共に、ここで永遠に眠らせよう。

ノートをベンチに置いて、土を掘るためのスコップをリュックから取り出していると、風がノートを開き、ぱらぱらとページを捲っていく。

私だけだったノートに「アサヒ」が初めて描いたワスレナグサの花が――

私たちが交わした沢山の言葉が――

そっと触れさせ合った傷が――

与え合った優しさが――

二人で紡いだ物語が――

さよならに至るいくつもの文字が――

それらが風の中で踊っている。そしてノートは最後のページを開き……

「あ……」

心の奥底から熱が溢れる。

もう終わったのだと思っていた。

文字が現れることはないと思っていた。

だから、重荷にならないように、過去と共に置いていこうなんて思った。

でも、違うんだ。

過去なんて捨てられるものではない。消してしまいたくても決して忘れられない過去の先に、今も、未来も、繋がっているんだ。私たちは大事な想い出を抱き締めたまま、この先も、歩いて行っていいんだ。

「ああ……」

感情が震えて、熱い涙が止まらない。

ノートの裏表紙の厚紙。その内側の白い紙の一面に、絵が描かれていた。

それは、私の似顔絵。私が笑っている顔。その周りを、いくつものシオンの花が咲き乱れていた。私を忘れないで、というワスレナグサと対になる花言葉を持った、薄紫色の可憐《かれん》な花が。

そして、彼の最後のメッセージ――

僕は　君を忘れない

私はノートを抱き締めてベンチから立ち上がり、見晴らし台の端まで駆けると、震える胸に冬の透明な空気を吸い込み、叫んだ。

「わあああああああああああああああああ！」

捨ててしまおうとして、ごめん。忘れなくちゃいけないなんて思って、ごめん。

私も忘れない。例えもう永遠に逢えることはなくても。忘れない。絶対に忘れない。

忘れないまま、生きてみせるよ。

遠い空の色彩は紫から茜色《あかねいろ》に変わり、山の向こうに微かな光が見え始めた。
私は涙を拭って、まっすぐに前を向く。
さよならの果てに一人、大切な過去を抱き締めて。
そして。

夜が――

明ける。

あとがき

君のいない世界を肯定するための、長い長い、旅路のようなもの。

僕はこの人生を、そんな風に捉えています。この物語を書いていた時、特にそう感じました。思えば自分が書く物語には、そんな思いを抱えた人がよく登場している気がします。

僕は内向的な人間なので、大抵の心のエネルギーは内側に向いています。未来はまだ存在していないものなので、自分の内側にあるもの、僕というイキモノを構成している要素は、ほぼ「過去」しかありません。

過去には、思い浮かべるだけで泣きたくなるほど大切な情景も、掃き捨てて封印したくなるような黒い記憶も、沢山あります。僕はいつもそれらを引き摺って人生を散歩しています。

エネルギーが内側にしか向いていないので、僕の物語は、僕のためにだけ書いています。もちろん読んで頂ける方のことを意識して書いてはいますが、他人の心なんて分からないし、ましてやそれを変えられると思えるほど僕は自分を信じられていないので、もっぱら自分のことだけ考えて書いています。後悔ばかりして生きてきた自分の過去に、意味を与えるということ。それが僕の一番の創作の種火です。

想い出は、大切であればあるほど、心への癒着が強いほど、それを引き剝がす時の痛みも大きくなります。もう叶うことのない願いを、痛みに泣き叫んで捨ててしまおうと思ったことも、ありました。でも、捨てられるものではないんですよね。

過去を認めて、過去を愛して、過去を抱き締めて。それでようやく、人は強く未来に向かえるのだということを、僕は大人になってから気付きました。

自分の内側の大半を占めるもの。そこには未だ、寂しさも、苦しさも、後悔も、自己嫌悪も、震えながら届かない手を伸ばす切望もあります。けれどそれらを、物語に散りばめて、行間に織り込んで、登場人物たちに投影して、悩んで、泣いて、叫んでもらって、それでも最後には前を向いて歩き出せるような結末を、彼ら彼女らに与えることで、僕は僕を救うことができています。

僕は誰のためにも書いていません。けれど、もし、あなたが。こんなところまで読んでくれたあなたが、少しでも、あなたの内側を愛せる温度を得られたのなら。その事実は、これ以上ないくらいに、僕の命に意味を与えてくれるのです。

読書ノート
明けない夜のフラグメンツ
文：月待燈
絵：明空翼

ある国に、ふたりの猫がいました。

夜空のように紫につやめく毛皮と、月に似た黄色い瞳をもつ黒猫の男の子「ナハト」。陽の光のように淡くきらめく毛皮と、空に似た青色の瞳をもつ白猫の女の子「リヒト」です。

その国では、永らく「朝」や「昼」というものが訪れていません。百年でしょうか、千年でしょうか、もう誰にも分からなくなっているくらい、ずうっと、ずうっと、「夜」なのです。

それでもその国に暮らす猫たちは、ロウソクや、松明《たいまつ》や、ガス灯に、白や赤や橙《だいだい》の明かりを灯し、星さえも見えない、永遠に続くような夜の暗闇の中で、慎《つつ》ましやかに暮らしていました。

ナハトとリヒトは、生まれた時からの友だちです。ふたりとも、ものごころついた時には家族はいませんでした。町の端の吹き溜《ふだ》まりで、身を寄せ合って眠っていたところ、親切なおじいさん猫に拾われて、一緒に住んでいたのです。「夜」と「光」を意味するふたりの名前も、実はこのおじいさん猫が付けてくれたものでした。

しかしおじいさん猫は、病気で死んでしまいました。身寄りのないふたりは、どうにかして仕事を得て、生きていかなければなりません。

黒猫ナハトは、おじいさんの家に残っていた新聞とにらめっこしながら、言いました。

「リヒト、ぼくは炭鉱の採掘というものをしてみようと思う。石炭ガスがたくさん必要だから、作業できる猫を多く募集しているみたいなんだ」

それを聞いて白猫リヒトは心配になります。なぜなら、炭鉱では事故がよく起きるということを、以前おじいさんが近所の猫と話しているのを聞いていたからです。

「それはいけないわ、ナハト。この前も崩落事故が起きて、たくさんの猫が怪我《けが》をしたそうじゃない。あなたまで帰ってこなくなってしまったら、わたしはどうすればいいの。わたしも働くから、かんたんなお仕事で、夕刻にはふたりで一緒に帰れるような暮らしをしましょうよ」

それを聞いてナハトは悩みました。ナハトはリヒトに、できれば労働というものをさせたくなかったのです。だって彼は、彼女の純白の毛並みがとても好きでした。彼女の名前の由来である陽の「光」というものがなんなのか、おじいさんから伝え聞いたことしか知りません。でも、きっとその毛皮のように、白く透明に輝くのだろう、と彼は思います。

労働をして、この綺麗な毛並みが汚れてはいけない。それに、彼女が多くの猫の目にとまるようになれば、国のえらい猫たちに見初められ、奥さん候補として連れられていってしまうかもしれない。それこそ、彼女がもう帰ってこなくなったら、ぼくはどうすればいいのか。

「そうと決まれば、さっそく明日から、町に出てお仕事を探しましょう」

しかし彼女の頑固な一面もよく知っているナハトは、

「うん、そうだね」

と小さく返事をしました。

朝も、昼も、夕暮れもないこの国でも、時計はあります。夜だけのこの世界でも、時間という共通の決まりを作り出して、猫たちは社会を回していました。

さて、ひと眠りして、おじいさんの家に残っていた最後のバゲットを小さく分けてかじってから、ふたりは手をつないで町にくり出しました。

街路灯はありますが、光の届かない本当の影の中では、漆黒のナハトの体は見えなくなってしまいます。リヒトは彼とはぐれてしまわないよう、ぎゅっと手を握りました。この明けない夜の中で彼を見失ったら、もう永遠に逢えないような、そんな気がして。

「ぼくたちに仕事をもらえませんか」

パン屋で三毛猫にお願いしても、猫手は足りているとのことです。

「わたしたちに仕事をもらえませんか」

花屋でぶち猫にお願いしても、そんな余裕はないとのことです。

「どうか仕事をもらえませんか」

レストランでトラ猫にお願いしても、子どもは雇えない、とのことです。

その後もいくつものお店で訊いてみても、ふたりにお仕事をくれそうな所はありませんでした。

次の日も、その次の日も、お仕事は見つかりません。渋るリヒトを引っ張って、炭鉱の採掘員の案内所に行っても、子どもだからという理由で取り合ってもくれません。

ナハトが根気強く何度もお願いして、「しつこい！」と言って後ろ足で蹴られたこともありました。

「せかいのざんこくせい……」

地面にうずくまり、不意にそう呟いたナハトの表情が、夜の中でよく見えないことを、リヒトは、少し、怖く思いました。

明けない夜の闇の中でも育てられる植物は限られ、この国の猫たちの食べ物は、決して多くはありません。食べ物が少ないと、心に余裕もできないものです。ロウソクや、松明や、ガス灯の明かりだけでは、体に元気も湧かないものです。

ふたりは今までおじいさん猫の家で、世間というものを知らずに、守られて生きてきたのだと、この時ようやく気付きました。

「ぜんぶ、この夜が悪いんだ」と、ナハトは言いました。

「夜なんて、なくなってしまえばいいのに」と、リヒトも言いました。

歩き回って疲れ果て、お腹も空き、手をつないでとぼとぼとふたりが歩いていると、街路灯の柱に一枚の紙が貼られているのをみつけました。

その紙には、こう書いてあります。

『この夜を終わらせる猫　募集中』

黒猫ナハトは、リヒトと繋いでいない方の片手で、その紙を手に取りました。

「夜を終わらせる、ってどういうことだろう」と、ナハトは言いました。

「なんだか怖いわ」とリヒトは言います。

「これはお仕事なんだろうか」

「ナハト、こんなお仕事はやめておきましょうよ」

「でも働かないと、ぼくたちはパンも食べられないよ」

白猫リヒトは、悲しい予感が胸に宿るのを感じました。ナハトの、時に自分を顧みないほどの他者への優しさが、彼の首を絞めてしまわないか、心配なのです。

「リヒト、きみは以前、昼の光を見てみたいと言っていただろう」

「そんなの忘れたよ」

「たくさんの色とりどりの花や、緑の草木が、太陽というものに照らされて揺れる景色を、見てみたいと言っていたじゃないか」

「覚えてないわ」

ウソをつきながら彼女は、ナハトがそんな話を覚えていてくれたことを、少し嬉しく感じます。

ふたりを育ててくれたおじいさん猫は、本で読んだという光ある世界のお話をしてくれたことがあります。その時にリヒトの想像の中に広がった景色は、とても美しく、壮大で、色彩に溢れ、そんな世界への叶わぬ憧れが、胸を痛めるほどでした。

「ぼくがきみに、その光景を見せてあげられたら、どれだけ素敵だろうか」

ふたりを包む夜の闇が深くなっていくような気配がして、リヒトは震えました。

「だめよ、わたしそんなこと望んでないわ」

「ぼくが、この夜を終わらせられるなら」

「待ってナハト！　そんなこと考えないで！」

手をつないでいるはずなのに、彼の存在をだんだんと感じられなくなっていきます。恐ろしいほどの不安と寂しさが、リヒトの体を縛り付けます。

街路灯の光も見えなくなり、やがてつないだ手の感触も、消えてしまいました。リヒトは慌てて彼の腕を抱き寄せようとしましたが、彼女の白い手は、空《むな》しく夜の深い闇を掻《か》くだけでした。

「ナハト……？」

彼の名前を呼んでも、返事はありません。

「ナハト！」

彼女の声を、夜の闇がどこまでも吸い込んでいきました。

ぽろぽろと涙が、リヒトの白い頬を濡らしていきます。

生まれた時から、ずっと一緒でした。一緒に食べ物を探して、一緒に水溜《みずた》まりで喉を潤して、町の隅の吹き溜まりで、身を寄せ合って眠っていました。おじいさん猫に拾われてからも、ベッドでしっぽを絡めて丸くなって眠っていました。

彼のことが大好きでした。夜空のように紫に艶《つや》めく毛皮も、その小さな体の内に宿す大きな優しさも、共に手を繋いで歩いた時間も、大好きでした。けれど。

リヒトの頬を、涙がいくつもいくつも流れて止まりません。

でもそれは、彼がいなくなってしまったからではなく、彼のことを、少しずつ思い出せなくなっているからでした。

「ナハト……」

彼のことが大好きなはずでした。けれど、心の中の大切なものが、少しずつ解けて、零れ落ちて、眩い光の中に溶けていくような、そんな不思議な感覚が、リヒトの胸の中を寂しく満たしていきます。

彼に話したことを、忘れました。

つないだ手の温かさを、忘れました。

その毛皮の黒い艶めきを、忘れました。

彼女の名を呼ぶ優しい声を、忘れました。

そして彼の名前を、忘れました。

「わたし、こんなところで、なにをして……」

リヒトが力なく両手を下ろした時。

町の向こうの遠い空から、眩いあかつきの光が溢れ、温かく、彼女を包みました。

＊

白猫リヒトは、心の中に不思議な喪失感を抱えたまま、おじいさん猫と暮らしていた家に帰りました。

なにか、ずっと胸に抱えていた大切なものをなくしてしまったような、ぽっかりと穴が開いたような、寂しい気持ちが彼女の体の内側を満たしていました。

家の中は、いつも通りです。玄関も、キッチンも、ベッドも、バスルームも、トイレも、屋根裏も、おじいさんの書斎も。全て記憶の中の景色と変わりありません。けれど、耐えがたく、寂しいのです。

「わたし、どうしてしまったのだろう」

おなかが空きましたが食べるものもないので、リヒトはひとりベッドに潜り、さめざめと泣いてから、眠りました。


夜を失った猫の国は、昼の光であまねく満たされました。太陽は一日中空の上にあり、沈むこともありません。

沢山の花々が開き、世界は無数の色彩で溢れます。植物たちは陽の力を受けて元気に育ち、食べ物に困ることもなくなりました。猫たちは毎日のように外に出て、光の中で幸せそうに、日向《ひなた》ぼっこをしたり、お昼寝をしたり、踊ったり、歌ったりしています。リヒトも配給のパンをもらえるようになりました。

かつて夢に見ていたような広大なお花畑で、リヒトはひとり、立ち尽くします。優しい風が花々を揺らし、彼女の純白の毛皮を撫でていきます。世界は温かく、全てが満ち足りているように感じてしまいます。けれど魂の半分が欠け落ちてしまったような寂しさは、ずっと拭えませんでした。

光と共に活気に満ちていた猫の国ですが、次第に様子が変わっていきます。猫たちは、一日中休むことなく降り注ぐ陽の光にうんざりし、休息を影の中に求めるようになっていきました。花や野菜や穀物たちも、眠る時間を忘れてしまい、しんなりと萎れていきます。

「どうしてこんなことになったんだ」と猫たちは言いました。

「ああ、夜の静かな暗闇が恋しい」と言う猫もいます。

ロウソクや、松明や、ガス灯といった、永遠の光の中では不要になったものに従事していた猫たちは職にあぶれ、配給だけでは満足できなくなったものたちが、暴動を起こしました。

声高に叫ばれる平等の名のもとに、野花は踏み荒らされ、作物は奪われ、報復が報復を呼び、町は荒れていく一方です。リヒトも、決して多くはない配給のパンを奪われ、突き飛ばされて道路の上に転がりました。透明な輝きを持っていた毛皮も、もうみすぼらしく茶色にくすんでいます。

「せかいのざんこくせい……」

ふとそう呟いたリヒトは、かつて夜の闇の中で同じように呟いていた誰かのことを、思いました。

　そしてふと、自分の足元を見ると、止むことのない光が落とす影が、地面に黒い猫の姿を描いていることに気付きました。

「ナハト……」

　その影の名を、彼女は呼びました。手を伸ばして影に触れても、冷たい地面の感触が伝わるだけです。

　立ち上がると、影も立ちました。歩くと影も歩きます。影を追って走ると、影は同じ距離で逃げていきます。

「そうか、ナハト……。わたしは、分かったよ」

　立ち止まり、リヒトがそう言うと、彼女の足元から延びる影がそっとまぶたを開き、月の光に似た黄色い瞳を現しました。

「私とあなたは、魂の片割れ。忘れ去られた世界の摂理。離れてはいけない。離れられない。それでも決して触れられない。永遠に交われない」

　リヒトの頬を、透明な雫が伝います。

「ずっと、そこにいてくれたんだね、私の夜」

　影の猫も、静かに涙を流しました。

「私は、惹かれてしまったんだ。あなたの寂しげな気配に。遠く月光を湛える静かな輪郭に……。近付きたいと思ったんだ。触れたいと願ってしまったんだ。そしてあなたも、それに応えてくれた」

「リヒト、僕の久遠なる光」と、影の猫が喋《しゃべ》ります。

「僕たちの逢瀬《おうせ》は、赦《ゆる》されるものではなかったんだ。世界の秩序を著しく歪めてしまった。でも、君と共に過ごしたあの短くも温かな日々は、とても甘やかで、幸福なものだった」

「うん……」

「僕は君にだけでも、幸せになって欲しかった」

「あなたがいなければ、本当の幸せにはなれない」

「でも僕たちは、共にいられない」

「うん。だから……」

リヒトはもう、分かっていました。全て、思い出したのです。

自分たちのあるべき姿を。本来の役割を。愛する者と寄り添えない、世界の残酷性を。

「私たち、ちゃんと、さよならをしよう」

「……そうだね」

影から夜が溢れ出し、形を持たない概念となって、リヒトに最後のくちづけをしました。リヒトの体も光に溶け、光の粒子は空に舞い散っていきます。

昼の光と夜の闇。ふたりは世界の秩序となって、永遠に触れ合えない距離のまま、この星を巡っていくのです。

その、近くて遠い、ふたりの距離を、静かにそっと、愛しながら。

<初出>

本書は書き下ろしです。

この物語はフィクションです。実在の人物・団体等とは一切関係ありません。

メディアワークス文庫

明《あ》けない夜《よる》のフラグメンツ

あの日《ひ》言《い》えなかったさよならを、君《きみ》に

青海野《あおみの》 灰《はい》

2020年6月25日　初版発行
2024年2月5日　3版発行

発行者　山下直久
発行　株式会社KADOKAWA
〒102-8177　東京都千代田区富士見2-13-3
0570-002-301（ナビダイヤル）
装丁者　渡辺宏一（有限会社ニイナナニイゴオ）
印刷　株式会社KADOKAWA
製本　株式会社KADOKAWA

ISBN978-4-04-913224-3 C0193

メディアワークス文庫　https://mwbunko.com/

本書に対するご意見、ご感想をお寄せください。

あて先
〒102-8177　東京都千代田区富士見2-13-3
メディアワークス文庫編集部
「青海野 灰先生」係

その冬、彼は遅すぎる初恋をした。
これは、〈虫〉によってもたらされた、
臆病者たちの恋の物語。

恋する寄生虫

三秋 縋
イラスト／しおん

「ねえ、高坂さんは、こんな風に考えたことはない？　自分はこのまま、誰と愛し合うこともなく死んでいくんじゃないか。自分が死んだとき、涙を流してくれる人間は一人もいないんじゃないか」

失業中の青年・高坂賢吾と不登校の少女・佐薙ひじり。一見何もかもが噛み合わない二人は、社会復帰に向けてリハビリを共に行う中で惹かれ合い、やがて恋に落ちる。

しかし、幸福な日々はそう長くは続かなかった。彼らは知らずにいた。二人の恋が、〈虫〉によってもたらされた「操り人形の恋」に過ぎないことを——。

発行●株式会社KADOKAWA

夏の終わりに君が死ねば完璧だったから

斜線堂有紀

最愛の人の死には三億円の価値がある――。
壮絶で切ない最後の夏が始まる。

片田舎に暮らす少年・江都日向（えとひなた）は劣悪な家庭環境のせいで将来に希望を抱けずにいた。

そんな彼の前に現れたのは身体が金塊に変わる致死の病「金塊病」を患う女子大生・都村弥子（つむらやこ）だった。彼女は死後三億で売れる『自分』の相続を突如彼に持ち掛ける。

相続の条件として提示されたチェッカーという古い盤上ゲームを通じ、二人の距離は徐々に縮まっていく。しかし、彼女の死に紐づく大金が二人の運命を狂わせる――。

壁に描かれた52Hzの鯨、チェッカーに込めた祈り、互いに抱えていた秘密が解かれるそのとき、二人が選ぶ『正解』とは？